我是留德華

Mein Leben in Deutschland

海獅的德國奇幻旅程

神奇海獅 **李博研** 著

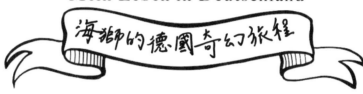

推薦序一

說書人的首次粉墨登場

涂豐恩
「故事」網站創辦人

博士班一年級的時候，我曾經上過一個學期的德文課。那是一門專門開給研究生的速成課，只教閱讀，沒有聽，沒有說，沒有寫，老師甚至不要求大家背單字。美國一些研究型大學裡會提供這樣的課程，目的是為了讓學生快速掌握一門研究用的輔助語言，就算不能講，至少也還能看懂一些相關文獻。

當時的我，除了早安跟謝謝以外，什麼德文單字都不懂。還記得第一次上課結束後，我多留了幾分鐘跟老師閒談，離開前他對我說了一句"Auf Wiedersehen."我愣了一下，不知做何回應。他大概看我一臉茫然，改用英文解釋說：「那是『再見』的意思。」

當時選修這門課的人並不多，印象中不超過十個人，只有我一個是亞洲面孔。雖然課程號稱不需任何基礎，不過班上的歐美同學們多半都懂一些德文，甚至有人已經頗為上手，感覺沒有人像我這樣一無所知。

授課老師是老先生，人十分和藹，隔年就將退休，但教起課熱情不減。每次上課，一半時間他為我們講解德文文法，另一半時間則是實作練習，我們圍繞著圓桌，輪流翻譯課本上的例句。我對自己的德文程度毫無信心，所以每次上課前都戰戰兢兢，把例句中的生詞一一查好，以便上陣時可以應付；倒是我的歐美同學們，不少自恃著先前的德文基礎，每每到班上即興演出。學期剛開始時還可以應付，但隨著課程逐漸深入，文法越來越難，例句句型越來越複雜，他們也顯得越來越吃力，當場往往翻譯得坑坑巴巴，有時候甚至需要我這個幾個月前還不會用德文說再見的同學幫忙救火。

就這麼上了一個學期，期末考試時，老師發下一篇德文文章，要大家翻譯成英文，可以翻閱字典。文章內容現在已經印象淡薄了，但我特別記得那篇文章的作者是著名的德語小說家茨威格（Stefan Zweig）。在那兩小時的考試時間內，我一邊翻著字典，一邊忙著將一句句德文翻譯為英文。在那當場，我不知道自己有哪個小地方翻譯錯了，可是我卻清楚地知道，自己確實看懂了那一篇文章。那是種奇妙的體驗，好像你突然找到了一把鑰匙，打開了一扇門，一個從未看過的景象，在你的眼前展開。

記得我是全班最後一個交卷的，可是走出教室之後，心裡卻有一種感動：僅僅在幾個月的時間內，我竟然讀得懂茨威格的原文啊！後來成績單發了下來，我還得了一個A。

不過來得快的東西，往往去得也快。在那之後，我再也沒有練習德文的機會，在那幾個月內快速填充到腦子裡的文法、單字，好像也隨著時間，逐漸遠離我，別說茨威格了，就連有時拿起當年的課本翻閱，都感覺恍如隔世。

在閱讀海獅這本書，特別是他講述當年與德文學習奮戰的過程時，我才又重新想起了這段經歷。的確，學習德文真不容易，我對於能在德國拿到學位的同學，也總帶著幾分敬意。不過和海獅比起來，我的學習經驗恐怕是平淡多了。不，或許該說，大部分人的留學生活跟他一比，恐怕都要顯得平淡許多。

留學在外的日子往往是歡笑與眼淚交織，看似光鮮亮麗的表面背後，也通常潛藏著各式各樣的焦慮與無奈，所以每個留學生多多少少都有些故事可說，可以是課業的成就與挫折，可以是文化衝擊下的驚喜與驚嚇，也可以是異地感情生活的心醉與心碎。但我所聽過的故事中，還是很少人像海獅這樣能把留學生涯活成像部好萊塢電影般驚險刺激，猶如一部海獅歷險記。更妙的是，無論碰到什麼難題，海獅似乎總有辦法化險為夷。

海獅從德國完成學業回來後，有次「故事」網站的編輯群與作者們，約在台北忠孝東路的一家港式飲茶聚餐，那是我們第一次碰面。當然，在那之前我們早就先在網路上有了聯繫，他也早在「故事」上頭寫了好幾篇文章，而且廣受讀者歡迎。也許在座多半是初次見面，那一天他很客氣，話說得不多，似乎不像他寫起文章來那樣熱情有勁。

不過在那之後，他與「故事」的編輯群有越來越多互動與合作的機會，彼此也變得越來越熟悉，我們才發現，這個人除了文筆絕佳之外，還有無數奇特的想法與奇妙的經歷。在各種不同的場合中，我們有機會聽到他零零星星地講述書中的故事，那些或者離奇、甚至驚魂的際遇，有時讓人捧腹大笑，有時讓人嘖嘖稱奇，甚至不禁狐疑：為何怪事總是找上你？

過去我們總是催促著海獅寫書，因為他能把許多人以為枯燥的歷史情節講得活靈活現、高潮迭起，不過沒想到，與我們原本的預期大不相同，他的第一本書主角竟然是自己。不變的是，書中的故事依舊充滿著強烈的戲劇性，在在充滿意外的轉折與驚奇。原來這次是說書人粉墨登場，親自下海演出，示範了何謂戲如人生，人生如戲。

推薦序二

神奇海獅的德國歷險記

黑貓老師
人氣網路說書人

我是在「故事：寫給所有人的歷史」第一次遇到海獅。

當時我正從FB連進「故事」看一篇介紹《刺客教條》背景故事的文章。由於敘述手法獨樹一格，用詞活潑有趣，使我忍不住在看完文章後，特地跑去看作者是誰。

「神奇海獅？真是奇怪的名字。」我心裡想著。不過就是講個歷史故事嘛！是能有多神奇？……結果沒想到我竟然一不小心就熬夜把「故事」上面所有海獅的文章都看完了!!竟然能把歷史講得如此有趣，實在是太神啦!!

我也是在網路上說故事的人，難免對同樣扛著說書人招牌的海獅感興趣，但很快的，我就發現海獅與我有個決定性的不同點：那就是歷史知識上的實力。海獅是貨真價實的歷史碩士，為了研究更真實的歷史，甚至還跑去國外留學，他有著實打實的硬工夫，跟我這種半路出師，靠網路哏跟文筆到處招搖撞騙的文學少年完全不一樣。

也因此，一聽到有機會幫海獅的新書寫推薦時，我馬上回信說：「我願意！」我對這件事充滿期待，心裡想著：「又可以學到許多歷史知識了～」

結果，等到我收到書的時候，看到書名大吃一驚：我是留德華？這是蝦米小？海獅的留學故事？不是介紹德國歷史的書啊？我身為一個外文系畢業的英文老師，別人的留學心得我還看得不夠多嗎？但神奇的是……我竟然一頁一頁翻個不停，一個不小心就又熬夜看完了，竟然能把留學的心得講得如此精彩，實在是太厲害啦!!

對於我們外文系的孩子來說，學外文、出國留學遊學都不是什麼稀奇的事，但大部分都是學英文，去美國、英國這些地方，不然就是日本或中國，學德文、去德國留學的真的有點少見。尤其能像海獅一樣讀書讀到房子塌掉、出遊被拿槍指著、被炸彈威脅、還被捲入爆炸事件的留學生活，不要說有沒有聽過了，連想都沒有想過，太扯了吧？你是柯南還是衛斯理嗎？

海獅的這趟留學之旅除了有愛與勇氣的冒險故事（？）以外，他也用他幽默的文筆，流暢地記錄下這段神奇的旅程，從準備考試的過程、出發前往德國的心境變化，以及在漢堡大學求學中的點點滴滴，一直到最後畢業學成歸國，全文一氣呵成，毫不拖泥帶水，彷彿身為讀者的我瞬間成了跟海獅一起留學的好夥伴，一同在異鄉掙扎求生，各種酸甜苦辣全部都一併體驗到了。

德國是個強大，並且充滿魅力的國家，日耳曼民族也有著說不完的歷史與文化，我們有太多太多的事情可以向他們學習。即便是發生在德國不美麗的社會問題，都能成為我們的借鏡。但無奈的是，台灣複雜的歷史背景造就了台灣教育有著不少瑕疵，導致我們的人民往往缺了點國際觀，沒有國際觀就會使我們看事情的視角變狹隘，嚴重影響我們的競爭力，而在這全球化的世界想混口飯吃，競爭力不夠實在是非常致命的一件事。

海獅的這本書，除了題材新鮮以外，好讀又不失深度，最重要的是，它給了我們一個拓展視野的機會，讓我們可以從第一人稱的角度、從第一手的資訊中來了解德國究竟是怎麼樣的一個國家，德國的大學跟德國的教育又跟台灣的有哪裡不同？

不論你是不是對德國充滿興趣或是對留學有著嚮往，就算你只是單純想看個精彩故事，都很適合這本《我是留德華：海獅的德國奇幻旅程》，既然你現在都拿起來翻了，可千萬別錯過這本好書嘿！

推薦序三

獅的奮鬥

謝金魚
歷史作家

海獅非常有病。

我不太記得我跟海獅確切是什麼時候第一次說上話的，但是大約是十四年前的那個九月，我開開心心地進了國姓爺大學，夢想著成為一個了不起的歷史學家的時候，可能是在世界史的某一堂課上，發現有一個感覺就是死天龍人的男生，用一種閃耀著偏執熱情的眼光聽著課，臉上寫著七個字：「我是怪咖我驕傲。」當然，那時候他還不叫神奇海獅，我也還不是謝金魚。

事情究竟是怎麼發展的，我真的記不得了，但總之怪咖都有某種電波，於是我跟海獅等人就湊成一團鬼混去了。大概從我知道他有在學德文以來，我就一直聽他講各種關於德國的故事，有時候講話還會露出那麼一、兩個德文單字，那種感覺，就像在台北的星巴克聽到有人這樣說話：「關於這個 project 呢，我個人是非常的 confuse，在New York或D.C.是不會作這樣的處理的，you know～」就是這麼欠打的感覺，令人想進行一個貓下去的動作。

雖然他這麼欠揍、看起來又是個不太懂得人間疾苦的狀況，但海獅心中那個關於德國的夢，似乎從來沒有熄滅。後來，我們離開了台南，海獅也一度去工作，他工作得太認真以至於我以為他放棄了去德國的夢，畢竟去德國不是念實用的學門、而是念歷史，就連我這個學歷史的都感到前途茫茫。

然而，他還是去了，中間有幾次回來提到在德國的生活，聽起來蠢得不像真的。去了德國的海獅，依然不改蠢萌本色，有一年，他告訴大家，他帶了禮物給朋友們，當我們興沖沖地聚在一起，他神秘地翻出了一大包東西……

「媽的，瑞士蓮巧克力全台灣都有好嗎？」

大家同聲譴責，但海獅無辜地表示：「可是它很便宜啊……」

不過，我的禮物比較特別，我收到過一個不鏽鋼的隨身酒壺，海獅聲稱是因為我很愛喝酒，所以直接裝威士忌帶著喝比較方便。真是太貼心了，可是當我高高興興地拿出漏斗倒酒時……

「我操，只能裝他媽兩百CC是要喝個鬼！」

面對我的訐譙，海獅還是無辜地表示：「在德國，大家都是這樣裝著喝啊……一瓶喝不夠，你可以裝兩瓶。」

後來還有一次，他遠從德國寄來一個包裹送我當生日禮物，是他特別從跳蚤市場淘來的古董手提包，據他表示，估計有三十年的歷史，但是品相良好、德國工藝，稍微換上金工扣子就可以使用，而且！還裝得下筆電喔。

我滿心歡喜地等待著禮物到來，到手的那天我一拆開……嗯，如果要知道什麼叫厚重的歷史感，這就他媽的是了！光是什麼都不裝就將近一公斤，裝上電腦簡直可以砸暈一個成年男子！但這麼多年的交情，我想海獅應該是怕我晚上走路危險，所以特別找了這個防身工具給我，這個包包有多強韌呢，這麼說好了，我想一般的土製手槍大概是打不穿它的，這樣懂了吧？

後來，海獅結束了他的留學生涯，回到台灣，我們有很多機會可以一起參加活動或進行寫作計畫，我成了謝金魚，而他也找到了神奇海獅這個名字。或許是我們認識了將近半輩子，不管我們變了多少，每當重逢時，那些一起經歷的屁孩時光仍會湧上心頭，以至於我很少感覺到他的變化。但是，在閱讀《我是留德華》這本書時，我似乎跟著他的思緒回到那些孤單的留學歲月與雲霄飛車一樣的各種神轉折，這是一場有著勇者屠龍的壯志，現實卻像唐吉訶德一般荒謬的冒險，這本書讀來令人捧腹，但神奇海獅的人生證明，現實往往比小說還要離奇！

自序
約定

二〇一五年除夕夜，我揹著背包走出科隆火車站。

冬天的德國大概下午四點多就天黑了。五度的氣溫，沒有雪。火車站裡的男女老少都洋溢著歡樂的氣氛，揹著各種大大小小的鞭炮煙火往萊茵河畔前進。

我也跟著人龍緩緩流動。今天，我要去履行一個約定。

從其他德國留學生的角度來看，這個約定其實還滿好達到的：我要在科隆看新年煙火！

不過好像就因為太好達到了，所以在漢堡的五年間，我竟然完全沒想過這件事情。直到最後猛一回頭，才赫然發現自己已經到了寫論文的大魔王階段——這很有可能就是我德國生活的最後一次新年了。

我走過科隆最有名的霍亨索倫橋（Hohenzollernbrücke）。不曉得從什麼時候開始，這座年齡一〇四歲的鐵拱橋就變成有名的情人橋，走在上面可以看到各種花花綠綠的情人鎖綿延，隨著鐵橋跨越整個萊茵河。

越過了快五百公尺的鐵橋後，我來到號稱全科隆最好的觀賞位置：科隆大教堂的對岸，可以遠眺整個大教堂和舊城區。

雖然距離午夜的煙火還有好幾個小時，但現場已經有不少人預先佔好了位置。很多人手上都拿著煙火和啤酒，遠方開始出現零星的鞭炮聲。不像亞洲那種官方的大型慶祝活動，德國人會自己放煙火來慶祝新年。

我來到萊茵河畔坐下，打開手機的 youtube 播放起一首歌。

整座城市頓時走進寧靜的鋼琴旋律中。

I turn to you, what else can I do
（我轉向你，我還能做什麼事呢？）
hoping to find a way to see through a break in sky,
（希望找到能在天空看見一線曙光的方法）
to get through the night, discover the peace,
（好跨越黑夜、找到平靜）

I wish I knew...

（我真希望我知道怎麼做……）

動人的旋律，聽起來總是有點哀傷。

身旁的氣氛越來越嗨。等到午夜前十分鐘的時候，成千上萬的人已經聚集在橋上。一堆人等不及放起了煙火，鞭炮聲此起彼落。

最後一分鐘，帶哨音的煙火開始升空，發出一陣陣尖銳的聲音。大家開始用德文倒數：“fünf、vier、drei、zwei、eins...”

“frohes neues Jahr!!”（新年快樂）的聲音一喊出來，整座城市地平線上，每個地方都有煙火飛上天空。紅色、綠色、白色，一排排銀花沿著河畔延伸到無盡的遠方，和遠處的大教堂一起倒映在萊茵河的河水上。

煙火上升的速度好慢，在它們後面留下一條條白色的煙霧；不久後，整個城市竟然被籠罩在一片白霧之中，只剩大教堂的尖頂依稀可辨。

周圍人山人海，所有人都拿起手機拍照。在空地上，德國人圍著一圈跳舞、喝啤酒。我激動到不能自已：終於看到這一幕了。

這一幕，我等了十年……

德國的新年，所有人聚集在一起放煙火。

目次

2 大學戰役

3 咦？說好的讀書呢？

4 崩潰論文

1 歷劫

初來乍到的生活有點像學游泳，
你才剛學會打水，瞬間就被丟進驚濤駭浪的汪洋中，
開始被各種文化衝擊給淹沒：簽證總共等了十一個小時（嘩！）、
租房看房人擠人到像在開趴（嘩！）、星期天什麼店都沒開（嘩！）、
還有那個食物！！（嘩！嘩！嘩！）
但是最衝擊的還是，當歐洲人發現我來念歷史時，興奮地說：
「天啊，你真的很幸運！」

我開始發現，這裡
真的很不一樣。

人生好難，德文更難

每一個故事，總要從「很久很久以前」開始說起。

如果真的要精確說出時間的話，那大概就是我考上大學的那一年（真的是很久以前了）。在跑遍全台北補習班，做過各種免費的要錢的落點分析，小心翼翼地在志願表上分配每一個「嘗試進攻」、「最佳落點」和「安全穩固」的比例後，終於明天就要公布錄取學校了！

在小小高中生的眼中，這就是「命運之日」——我們每個人的人生走向，在這天早上八點就要揭曉。早上七點五十分我們已經守在電腦前，我和四個高中死黨一起死死盯著時鐘。

「出來沒？出來沒？」已經有人在催了。

「還沒啦，還有十分鐘……」

大家「喔」了一聲，但才沒過多久又繼續問：「出來沒？」

「還有九分三十秒……」

就在一片百無聊賴的時候，我們玩起猜自己會上什麼大學的遊戲。

我和他們說：「其實……我昨天夢見我自己上了成功大學。」

「哇塞，恭喜恭喜。」朋友紛紛道賀。

「我夢見我躺在晚上的大學操場上，還聞見青草香。」

「感覺就是你的未來啊，一定會實現的。」

「然後看著天上的九顆月亮……」

「……」

時間總算到了，我們紛紛在電腦裡輸入自己的准考證號碼。就在彷彿過了一輩子那麼長的時間之後，我看見我的名字和錄取的校系：國立成功大學，歷史學系。

我記得自己一開始先是愣住，然後拍了拍臉。在按了幾次重新整理、確定這一切都是真實的時候，我整個人從椅子上跳起來，接著不斷跟電腦說謝謝、謝謝。

其實我也不知道我到底在謝什麼，但是那個時候好像就只有這種方法可以表達我的喜悅。不管最後成績怎樣，漫長的指考生活總算有個交代。在大學裡，我終於可以往我希望的方向前進了。我興奮地打電話回家：「我考上了！成大!!」

電話那頭也很開心：「很好嘛！什麼系？」

「歷史！」

然後話筒的那邊就突然沒聲音了。一開始我還以為是線路問題，在那邊喂喂喂了半天後，才終於聽見回答：「……嗯。」

那個時候我整個被興奮沖昏頭，所以當然沒有聽出電話中隱隱約約的含意。歷史系一直都是我最想讀的系，事實上我在填志願的時候，就是把全台灣的歷史系都填上去（當然是沒有告訴家裡）。但一直到之後我們回高中母校討論自己上的學校時，我才第一次發現現實殘酷的一面。

我讀的高中是一所升學主義的私立高中。在校園裡我遇到一個昔日的同學，在要升高二時我們同時獲得了進入資優班的機會，但最後我選擇留在原來的班級裡，他則進入了資優班。

兩年之後我們終於碰到面。他得意地和我說自己進入了某所大學的商管學院，接著問我上了哪間大學。

「成大歷史。」我回答。

就在那瞬間，我突然聽見他很大聲地「噗」了一聲，在我面前哈哈大笑了起來。

我那時整個大驚：為什麼他會是這種反應？這是一件很好笑的事情嗎？

但是後來我發現有這樣想法的人原來遠不只他一個。在之後的人生裡，每個歷史系甚至文學院的學生，都將不斷碰見下面這樣的場景：

某個不長眼的長輩問你考上哪所大學？

你很得意，回答出一間還不錯的學校。長輩很高興地說還不錯嘛，但是他們從來都不會就此打住，硬是要繼續問下去：什麼系啊？

……歷史。

你回答。接著是一陣長長的、令人不安的沉默。過了很久很久以後，你就會聽見千篇一律的反應：「……那你以後要做什麼？」

真的，你沒有被問過這個問題，就不算是文學院的學生！剛開始你還會很認真地回答：可以當老師、走學術、當編輯……但是忘記到了讀到第幾年的時候，我終於發現了一個簡單的解決方法：

你讀哪間學校啊？

成大！你回答。

喔喔很棒嘛，什麼系？

……法律！

當然這種方法僅限一些不是很熟卻硬要問東問西的長輩，但是不管怎麼說，你還是得到一個皆大歡喜的局面。他們很開心地稱讚你、說以後當律師要請你吃飯，你說不不不當然是我請吃飯，就這樣結束了一個愉快的夜晚。

然而在這個看起來沒有輸家的完美局面中，只有一個小小的問題，就是在夜深人靜的時候，你會止不住自問：

念文學院，真的很糟糕嗎？

但是當然，那時的我還沒有經歷這一切。我帶著快樂的心走進這座美食很多、天氣很熱的城市裡，開始了我的大學生活。然後在人生中第一次選課就誤入歧途：我竟然睡過頭了！

我匆匆忙忙上網選課，但發現在第二外語裡，法文、西班牙文、日文全都滿了。

就在絕望的時刻，我突然注意到有一門德文竟然還有空位。

不但有空位，而且還空了大概二十個左右！

我當然想都沒想就立刻選了這門課。接著就在第一堂課，我們看見老師走了進來，站在講桌前，說出他的第一句話：

「期末考的時候，我會當掉一半的人！」

魔王級德文課

以前我從來不懂永恆這個字是做什麼用的。後來我明白它是給我們一個機會去學習德文。

——馬克．吐溫

不管這是不是真是馬克．吐溫說的，但至少這句話完美詮釋了學德文是一種多找死的行為。

等整堂課全部結束以後，我們這群十八歲死屁孩一個個全癱在椅子上，赫然發現：天啊自己跳進了多大的火坑啊！

而這位德文老師讓整個挑戰更上了一層樓。他語出驚人的開場白一結束我們全部傻住，還沒調適過來時，震撼教育一個接著一個而來：在以前義務教育的時候我們就覺得英文文法已經夠複雜了，但在短短一節課之後，我們才發現英文這種語言有多可愛：英文裡有種東西叫定冠詞 the，不管你後面加的是什麼，apple 還是pen，前面全部都只有 the。

……而德文有十六種！

我們不但要在接下來的三個星期內背完，並且要了解每一種的用法。究竟用法有多複雜呢？我們還是有請馬克．吐溫：

> 德文中，一隻狗是der Hund（陽性），一個女人是die Frau（陰性），一匹馬是das Pferd（中性）；
>
> 現在如果這隻狗在屬格，他還是原來那隻狗嗎？不，先生，現在他是des Hundes；
>
> 那他的與格呢？什麼？他成了dem Hund；
>
> 現在再把他抓到受格來，這隻狗成了den Hund。
>
> 假設這隻狗有個雙胞胎，你就必須將他變成複數型……
>
> 再來呢，對貓也是一樣。德國人一開始在單數主格時對她（貓是陰性）好好的，看起來健康又正常，接著他們將她扔進這四個格、共十六種變化後，當這隻貓從複數受格中拐著腳爬出來時，你已經認不出她來了。

最後他的結論是：「沒錯，先生，當一隻貓被德文掌控住時，牠就玩完了。」

除此之外德文還有一種動詞叫做強變化動詞，這就有點像英文的不規則動詞一樣。一般的規則動詞轉變為過去式時只需要加 -ed 就好了，但是不規則動詞的變化則是各式各樣的。

德文的強變化動詞也是類似的概念，而這種動詞常用的有六百個左右，每個動詞大概有五種時態（過去式、過去完成式……），所以加起來差不多要背三千個字。

我們有多少時間呢？

六週。

所有的名詞都有一個性別，但它們沒有任何規則可循；所以你必須付出真心一個一個去死背。別無他法。

你的記憶力最好可以像本備忘錄一樣。在德文中，一位年輕小姐是中性的，然而一顆蕪菁卻是陰性。德文讓蕪菁顯得多麼矯情而尊貴，卻這樣冷酷無禮地對待一位小姐。

——馬克・吐溫

第一堂課聽到這裡我們以為就到此為止了。但是這一切還沒結束（還早得很！），老師要求我們回家，翻出高中英文七千字。

對，就是那種都會在公車上背的單字本。他要我們把每個單字全部翻成德文，並且記下每個名詞的性別（每個德文名詞都有性別，分為陽、中、陰三種）。而這就是學期之後我們要面對的考試：老師唸出一句純德文的現在式，我們不但要聽出來，還要轉化成過去式和過去完成式。

我們目瞪口呆地結束了這堂課。接著，單字地獄就開始了——

這根本就是不可能的任務啊啊啊啊啊！

七千個英文單字我們背了整整三年還沒背好，現在我們不但有這該死的七千個德文單字、六百乘以五個強變化動詞，還要應付比英文複雜不曉得幾倍的文法！

每個人開始施展渾身解數。我按照高中的讀書法，每天從網路文章中隨機挑出五個單字，把它串成一個句子：f. Kaste 種姓制度，m. Galgen 絞刑架，fädeln 把……穿過，m. Pranger 恥辱柱，züchtigen 懲罰。（為什麼好像會串成什麼怪怪的東西？）

之後在一次偶然機會下我們去拜訪另外一個同學，發現她的所有傢俱上，都用小張便利貼記上那東西的德文。

另外有個人則是無時無刻都開著德國之音的廣播，因為老師說，學好德文最快的方法就是去習慣德文的發音。如果連夢裡都聽見別人在說德文，你就成功了。

「我就快成功了，夢裡的人已經都變成金髮了……」那人一臉崩潰地跟我們說。

還有人為了學會德文的打舌音，每天早上五點半帶著一瓶水去成大操場漱口。而到最後每天晚上睡覺時，我甚至可以看見白天背的那些德文單字像跑馬燈一樣，接二連三滑過我的天花板……

我們的人數越來越少。

下個星期的第二堂課就從四十人瞬間掉到三十人左右，再下一堂二十八人、再下一堂二十六人。我每次都覺得好像下一次我就撐不住了，但是在下一次上課的前十分鐘，又總是會想說再撐一節課試試看。

一直到之後的某一堂課，老師終於說了科隆的新年是怎麼過的。

他說在新年時，所有人都會在萊茵河上放煙火，接著科隆大教堂、煙火和橋上的積雪，會一起倒映在萊茵河的河水上。

不曉得為什麼，但是當時才十九歲的我，第一次好像被什麼東西給觸動了。

在國中到高中的六年裡，「讀書」似乎一直都是為了將來的成功而不得不從事的苦差事。在國中的牆壁上，貼著大大的「現在辛苦三年，將來享受六十年」；而在高中時，我們大喊「給我大學，其餘免談」。

但是，我們好像從來沒有熱衷過一件事情、想追求一個東西過。

如今，我真的想要去追求一個東西。當天晚上我就去搜尋大教堂的圖片，我記得那是一張水藍色基底的照片，遠方的大教堂亦近亦遠，看起來好寧靜。

我常常一邊聽著自己當時最喜歡的歌，一邊看著這張桌布。我告訴自己：我要親眼看到這幕景象。

……我要去德國留學！

最後我真的實現了這個願望，二〇一〇年十二月，在將近十七個小時的旅程後，我抵達德國法蘭克福機場。然後在短短兩個月之後，我就崩潰了。

留學第一關，「食」在困難啊～

「呃啊啊啊啊啊啊啊啊啊啊啊！」

這一天早上我一邊切著香腸，一邊終於崩潰得開始抱頭大喊。

我那時候才深深理解朋友那句語重心長的話：「活在德國，首先你要捨棄把『吃東西』作為一種享受生活的手段，你吃東西，只是為了活下去而已。」

我那時還笑笑想說朋友也太誇張了。德國餐廳的食物也沒有那麼難吃啦～～是的，德國飲食強的地方就在於它不難吃、選擇也多，但不管你選擇了什麼，到最後你都覺得吃的是同樣一種東西，久了就只有崩潰的分。

什麼意思？讓我從一個小新聞來開頭吧：

有一次法國總統被問到法國種種經濟和治安問題時，曾經這樣對記者說過：「你不了解要統治一個有兩百六十種起士的國家有多困難。」

這句話的意思很明白，大概是法國人的組成非常複雜、各地的狀況也不一樣。但就在新聞後面，記者很酸地下了一個評語：「總統先生沒想到，就在它旁邊的德國可是個由一千種香腸組成的國家。」

這句話並不完全正確。事實上德國不只一千種、而是有超過一千五百種香腸，分散在這個先前由三百多個邦國組成的國家裡。在超市裡常見的種類有圖靈根香腸、杜賓根香腸、慕尼黑白腸、煎香腸、肝香腸、舌香腸、血香腸……而最有名的吃法就是加了麵包捲的法蘭克福香腸，有個傳聞是說：因為夾了香腸的麵包看起來很像太熱而吐出舌頭的小狗，所以乾脆給這種食物取名叫「熱狗」。

除此以外，德國還有豐富的麵包以供搭配，麵包有三百種、起士有五百種，至於啤酒則更誇張。一六一七年德國公布《啤酒純淨法》後，到目前全德總共有一千兩百七十四間公私營酒廠，釀造超過五千種各式各樣的啤酒！

乍聽之下選擇似乎無窮無盡，每天換一種吃一輩子可能都吃不完。但請記得：不管你怎麼選怎麼搭配，每天日日夜夜塞進嘴巴裡的，就是萬變不離其宗的麵包＋起士＋香腸＋啤酒。

麵包起士香腸啤酒麵包起士香腸啤酒麵包起士香腸啤酒麵包起士香腸啤酒麵包起士香腸啤酒麵包起士香腸啤酒麵包起士香腸啤酒麵包起士香腸啤酒麵包起士香腸啤酒……

十個星期之後……

剛來到德國兩個月的我崩潰大喊：「呃啊啊啊啊啊……我・再・也・受・不・了・啦！」

「為什麼？為什麼你們可以忍受這種生活呢？每天吃這種東西你們不會瘋掉嗎？」我問已經在這待了好幾年的朋友。只見他很淡定地回我：

「你知道德文的『食物』怎麼唸嗎？」

「das Essen？」我疑惑地說出來，心想這跟那有什麼干係。

「德國人更常用的是另一個字 die Lebensmittel。」朋友說：「Leben 是生命，Mittel 是物質。全世界只有德國人會把食物叫做『生命物質』，擺明了告訴你：吃東西只是為了活下去用的。」

我目瞪口呆地聽完，朋友用一副過來人的嘴臉拍拍我的肩膀：「你以為你已經到極限了，但事實上你還早得很呢。直到有一天你會整個崩潰，然後就會下定決心學做菜了。記得：留學生要嘛培養出大廚的手藝，要嘛培養出蟑螂的食慾，你只有這兩種選擇。」

「崩潰是什麼樣子？」我問。

「崩潰喔……」他想了想：「啊！就是忽然會有一種：『如果要我再吃一口香腸，我寧願去臥軌！』的感覺，那時候你就會做出一些常人無法理解的事情。」

「嗄？」什麼鬼？

「哎呀！反正你到時候就知道了啦！」

朋友故作神秘地說，我也只好就這樣繼續過著麵包香腸的生活。

眼見自己好像正在慢慢適應，心想也許這種症狀不會發生在我身上的時候，它突然就這樣到來了。

剛來德國時已經算是不錯的食物：德式香腸咖哩飯。

轟動漢堡留學圈之草莓麵事件！

糟了！

禮拜六晚上我忽然從床上驚醒，一看到外面已經全黑的天色就知道大事不好了：下午我躺在床上看書，不知不覺竟然睡著了！

這在台灣可能不算什麼，但是在德國卻是很嚴重的一件事：因為禮拜天的超市不開門，所以大家都要在禮拜六關門以前，買齊明天的生活必需品。我提著購物袋在街道上狂奔，果不其然，等我到了超市以後店面已經一片漆黑，我要想辦法獨自撐過這黑暗的禮拜天了。

啊啊啊該怎麼辦啊？

印象中冰箱裡已經完全沒有食物了。我垂頭喪氣地回到家中，把整個食物櫃都翻了過來。幸好皇天不負苦心人，竟然真的讓我找到一包陽春麵用的白麵！

那一瞬間我心中立刻升起了些許希望，心想櫃子裡還有之前別人送的柴魚鬆，雖然那是配飯用的，但配麵應該也還能撐一天……啊，上次已經用光了。

我差點沒哭暈在馬桶上。之後繼續翻箱倒櫃，終於在冰箱裡又翻出一袋：香腸。但是就在碰到袋子瞬間，我忽然感到天旋地轉，隨即有一種噁心的感覺迎面而來，一個聲音告訴我：我不要吃！

吃什麼都好，我就是不要再吃香腸了！

我萬萬沒想到自己的生理反應竟然這麼強烈，只好嘆了一口氣繼續翻找，最後終於看到了一罐不曉得是什麼的東西，欣喜若狂翻出來後才發現那是一罐——

草・莓・醬。

選擇很嚴峻，後果很嚴重。

我手中只有一包白麵，剩下的兩種配菜，一是德國香腸，二是草莓醬。欲哭無淚的當下我腦中浮起的，竟然是當兵時鐵餐盤裡的四菜一湯。

我自認不算是個很重吃的人，本來還挺以自己大學四年就靠著學校旁邊的噴街生存下來而感到自豪。想不到一山還有一山高，當兵的第一個晚上就讓我快哭出來——主菜號稱是滷雞翅，但就只是骨頭上面掛了幾咪咪肉絲；甜湯不管上面寫什麼，我硬是喝不出味道！更屌的是配菜。我傻眼看著鐵盤，裡面裝著滷洋蔥、水煮洋蔥、辣椒炒洋蔥和蛋炒洋蔥（對！是蛋炒洋蔥，不是洋蔥炒蛋）。

靠杯！這是什麼洋蔥全餐？

後來才知道國軍除了保家衛國以外，更肩負消耗多餘農產品的重責大任。就這樣靠著每餐必備的滷汁撐完一年，好不容易領到退伍令、走出營門那瞬間我還心想：媽的現在我總算是無敵啦！

從現在起，當別人吃到難吃的食物而怨聲載道時，我也有自信可以面不改色把整桌東西全部掃光，然後瀟灑地留下一句話：「會很難吃嗎？你們很弱欸！」

我這輩子都沒想過那竟是一段如此幸福的時光。

我看著眼前的白麵和草莓醬，居然流下了男兒淚。

……看啊！草莓麵是個什麼東西啊?!這究竟是個神馬創意吃法啊！

我心裡瞬間想到當兵第一晚那道滷洋蔥。不但想到滷洋蔥，而且還覺得當時的滷洋蔥真的超好吃der！我看著草莓麵，心裡一邊想著：一鼓作氣、再而衰、三而竭！

「就當作是切成麵條狀的草莓吐司！」

我大力一吸——

噢．買．尬。

濃濃的化學甜味已經被麵條的水分稀釋，放在嘴裡就只剩下酸味。

但我又不能把水完全瀝乾，不然白麵就會凝固成一團麵團。醬汁包覆著沒有加鹽的麵條，這時候要盡快把這玩意吞進肚子裡，因為只要咀嚼過久，嘴裡就會散發出白麵特有的令人不舒服的麵粉味。

那種味道混合了稀釋草莓醬的酸味，簡直讓人連想死的心都有啊！

我一邊把東西硬吞進去，一邊還要想辦法硬壓住已經吞進去但又往上逆流的食物（自己去想像），就這樣一口、一口把整盤麵全都塞進肚子裡。

……更重要的是即使到了這種時刻，那袋德國香腸我還是連碰都沒碰一下！

吃完午餐我就立刻衝去找朋友，他打開門，看到我一臉鐵青。

「你說的崩潰……剛剛出現了。」我說。

他看著我，最後點點頭。

＃欸欸你要不要聽聽我剛剛午餐吃什麼

＃不要

如聖殿一般，亞洲超市

當天晚餐我就留在他那裡吃飯。我一直到那一天才知道，為什麼有時候村上春樹會花好幾頁的篇幅寫男主角煮味噌湯、醬油豆腐的細節：原來那種敘事手法真的會療癒人們受傷的心。

我看著朋友做著菠菜泥煎餅。

首先開小火，在鍋子裡把菠菜燉成泥狀後，佐以蒜泥及鹽巴調味。

接著是餅皮部分。麵糊下到平底鍋的一瞬間，發出了令人心安的滋滋聲；接著搖動平底鍋讓麵糊均勻分布，等到凝固之後翻面。煎好的那一面呈現完美的焦黃色，麵粉的香味伴隨蒜泥菠菜的味道，充滿著小小的廚房。

在直徑大約二十公分的薄煎餅上塗滿厚厚的菠菜泥，撒上起士條後捲起來。看起來有點像是沒切過的蛋餅，只是比台灣早餐店賣的那種蛋餅再大一點、再柔軟一點。

一口咬下，滿嘴生香。

微微酥脆的餅皮沾著水氣，變成一種柔軟有嚼勁的口感；麵粉味裡伴雜著鹹度適中的菠菜泥和牽絲的起士，後味則有一股淡淡的蒜味。

「噢，我的天啊，太好吃惹惹惹～～」朋友看著我吞下第五塊煎餅。

「你也太誇張了。來了兩個月除了香腸，你都沒吃其他東西嗎？」

「我原本以為我不是很在乎吃的東西啊，但突然就崩潰了。」

「受不了。」他起身收拾餐具：「明天帶你去亞洲超市。那裡有米和咖哩塊，你至少可以燉個咖哩飯來吃吃……」

亞洲超市？原來有亞洲超市這種東西？

「當然有，而且漢堡的亞洲超市規模還很大咧～～」朋友說。

果然隔天一走進去後我就完全失心瘋了：「沙茶醬！筍乾！蘋果西打！哇靠，連可爾必思都有嗎!?」

朋友遞給我一罐東西：「喏，給你，留學生很流行吃這個。」

我看著那罐紅紅辣辣的東西，上面的標籤印著「中國馳名商標」。

當時我根本不知道那罐東西有多厲害，後來才知道這罐叫「老干媽」的辣醬，就是留學生傳說中的拌飯神器。多少留學生一邊看著照片上的老干媽，一邊度過無數孤單寂寞覺得冷的夜晚（聽起來為什麼怪怪的）。而圖片上的女主角陶華碧更被繪聲繪影描寫到幾乎已經變成傳說一般的存在：靠著一罐辣醬發家致富不稀奇，做到人大代表也不稀奇，厲害的是這一罐辣醬竟然帶動貴州兩百萬農民一夕脫貧，該省的經濟成長率居然年年高達百分之十！

不過，是真是假倒沒考證過就是了。

在國外生活了兩個月左右，所有留學生就會開始學怎麼做飯。

一開始當然學的速度很慢，久了以後雖然不敢說手藝媲美餐廳，但至少煮過滷味、弄過一整攤鹽酥雞，飯後還有珍珠奶茶當作甜品。更厲害的是還有人不知道從哪裡弄來一台可麗餅和紅豆餅的機器，好幾個週末我們都去她家辦各式各樣的美食饗宴。

漢堡滷味攤，兩人份！

一直到有一天我家門鈴響起，我一打開門，看見學弟一臉鐵青。

我點點頭。當天晚上弄了一鍋法式海鮮巧達湯和自製的大蒜麵包，看他痛哭流涕地吃完。

「明天我帶你去亞超吧。」我說。

那一瞬間我好像明白了：原來這個就是「傳承」啊～

簽證大地遊戲

當然看到這裡有些人會覺得很奇怪，為什麼我不多花心思弄一些好吃的東西呢？還有些人很貼心地建議我弄個和風馬鈴薯豬肉，或是老干媽辣味豬肉馬鈴薯之類的。當然我也並非不想，只是剛到德國的時候，「吃」真的是個很微不足道的問題。

在那時，我們有太多事情要煩心。初來乍到的德國留學生，第一個要面臨的就是簽證問題。

事實上台灣簽發的簽證只有短短的三個月，在這三個月裡，你要在所屬的德國城市再玩一次那要命的大地遊戲，拿到各種神器、集滿召喚神龍之後，才能轉職為正式的德國遊學生（進入大學之後才能被稱為留學生）。

這五大神器分別是健康保險證明、在學證明、入籍證明、財力證明還有租屋契約。坦白說，每一項都可以要人性命！

首先是第一項「保險證明」。德國沒有健保，只有保險公司，但是辦理保險倒是沒什麼問題，唯一的問題只有價錢而已。在台灣，一個月的健保大概是七百多塊台幣。而德國是多少呢？

答案是：二十六歲以下一個月三千塊台幣，二十六歲以上一個月八千塊台幣——最．低。

當然也有那種便宜的一個月八百塊台幣的私人保險啦。但是你保那種保險後，最好就保佑自己多福多壽。因為許多病痛根本不在理賠範圍裡，而沒有保險理賠的話，在德國拔一顆蛀牙大概是三萬二台幣。

我看到那價錢，立刻就了解為什麼有這麼多住在外國的台灣人罵台灣罵得要死，但又打死不退健保。當下我立刻就發誓，決定此生誓死捍衛我們偉大的健保制度。

接著就是在學證明。

如果你讀的是語言班，按照簽證規定，你有幾個月在學證明，就給你幾個月的簽證。那語言班要開給你幾個月的在學證明呢？

當然是看你繳幾個月學費啦～～

在學證明最低就是一年，不然連銀行開戶都辦不到。但你都還沒去過這間語言班，還不知道那裡師資怎樣、同學如何、離你住的地方近不近，立刻就要先噴一整年的學費!!（二十萬台幣，如果是公立的歌德學院要五十萬）

顫抖地拿到在學證明後我發現情勢非常不妙，我的血量只剩一半多一點，而最重要的房子都還沒找到。

說到找房子，那又是更欲哭無淚的事情。就算你真的有錢到炸，不在乎那二十多萬的學費好了，找房可是有錢都不一定辦得到的事。為什麼呢？

因為根本沒房讓你租啊～～

在台灣，我們常常聽到新聞稱讚德國的租房制度舉世無雙，除了市場穩定、租金低廉（房租僅佔每月稅後所得大約五分之一左右）以外，還立法保障住房品質及房客權益，所以很多德國人終生不買房子。

但事實上，這種榮景在我去德國的二〇一〇年時就已經全部變調。主要原因大抵是二〇〇八年金融風暴後，大量外國人口移居德國；此外歐洲央行的低利率政策也誘發了房市投機。在一波波房地產熱炒之下，德國各大城市的缺房數已經來到令人匪夷所思的程度：在柏林的缺房數已高達三十一萬，而漢堡排名第二也達到十五萬。所以那時我去看房通常是這樣的：

等我終於到那裡，一看到房子就愣住了。低頭看了一下地址，心裡想著：沒錯啊？不就是這個地址嗎？

……但為什麼這裡現在在開 party？

後來我才發現那裡根本不是在辦派對，裡面的所有人全都是來求租房子的！

所謂「看房子」其實是房東在看你，是他選擇你，你根本沒得選！

如果房東在場，那他就是人群正中央的萬世巨星。他 hold 住全場，不管講什麼冷笑話旁邊的人都會大笑，我還看到有人笑倒在地上的！

而那時候的我就是一個在德國沒有學籍、沒有固定收入證明、連德文都不太會說的歪國人，連擠都擠不太進去。我看著跟我相隔萬里的房東、笑得燦爛的房東，結果往往是嘆一口氣，在名單上留下自己的姓名跟聯絡方式就離開了。

接著當然就是電子郵件信箱裡如雪片般的拒絕信啦，不然就是乾脆石沉大海。

就算你有錢又夠幸運找到房子好了，之後還有更氣人的：

想要租房子就要財力證明。好嘛，這很正常，隔天我就去銀行開戶了。但是在德國想申請帳戶，需要一張叫做「在籍證明」的東西（Anmeldebescheinigung）。

別懷疑這個字就是這麼長（順帶一提，入學證明的德文叫 Immatrikulationsbescheinigung）。簡單來說，就是去戶政事務所開一張上面寫有你住址、基本資料的文件。但是要開這份文件，猜猜需要什麼東西呢？

是的。

各位鄉親，就是那張寫有你地址的租房合約啊啊啊啊~~!!

這到底是個什麼樣的地獄輪迴啊?!

申請簽證又是個噩夢。漢堡是個移民大城，簽證處每天都呈現一種讓人心死的爆滿狀態。我就在那個擠滿亞洲人、非洲人、中東人各種氣味混雜小孩超吵的簽證局連待兩天，總共等上十一個小時才終於把這件事辦完。

然後德文又超難學，加上我發現漢堡大學歷史研究所的其中一項入學條件是五種語言能力的證明……總之，那時候我看著不斷湧上來的麻煩事，坐在書桌前好好念德文反而變成最次要的任務。

前途一片茫然的我壓力幾乎已經大到失去味覺了——因為連續吃了二十一餐咖哩，我竟然覺得自己好像還可以撐下去。那時候「吃得好不好」這種事情，幾乎已經算不上是一個問題了。

我朋友再次看到我後重重嘆了一口氣，對我說：「我們每個人都經歷過這些事的。走吧……我請你吃 Döner。」

讓無數土耳其人一夕脫貧的神級小吃：土耳其烤肉

關於Döner（土耳其烤肉）的三個事實：

一、ㄉㄩㄝ．ㄋㄜ（唸起來有點像「堆呢」）。

二、約會．絕對．不能吃。

三、你知道全德一天消耗掉多少個這玩意嗎？

「哈囉哈囉，my best friend!!」

看起來中年的老闆親切打了聲招呼，電動削肉刀的聲音嗡嗡作響，空氣間瀰漫著一股特有的烤肉香，我立刻就把什麼簽證啊、德文啊的煩惱全都拋到九霄雲外。

「你很常來啊？」我邊入座邊問。

「沒啊，第二次還第三次吧？」朋友說。

「那他怎麼說你是他的 best friend？」

「大概來超過四次，土耳其人就會開始叫你 brother 了。」

不知道是因為每間做起來味道都差不多，還是土耳其人喜歡家族經營的關係，Döner 很少有大型連鎖的餐廳，所以每間店都還算滿有自己特色的。有的走現代風，有鋼製椅子和玻璃桌，有些則用木製桌椅裝飾。就連服務態度也大相逕庭，有的老闆不太理人，有的根本就是話癆。

不過不管風格如何多變，走進去第一個看見的一定是裝滿各種沙拉的玻璃櫃，和好像會自己長肉的鐵條。通常根據時間和剩下的肉，大概就可以判斷這間店受歡迎的程度。

我們坐下沒多久老闆就過來了，在餐桌上放下刀叉和紙巾。雖然提供各類土耳其菜餚，但大部分人點的都還是那幾樣東西。

「Döner。」我說。

「我要 Dürüm。」朋友說。

「牛肉還是雞肉？」

「牛肉。」

「沙拉全要嗎？」

「對，加辣。」

通常就這樣。但這老闆實在話很多。

「這樣就夠了喔?!薯條？」

「不用了，謝謝。」我們笑著搖搖頭。

「奶油羊雜湯不錯喔！」

我們在心底偷偷嘔了一下（很久以後才發現不錯喝但熱量超高）：「真的不用了謝謝。」

「ＯＫ ＯＫ，你們要多吃一點啊，難怪這麼瘦！」

大概是非尖峰時刻或是心裡真的很開心還怎樣，老闆一邊削肉，還一邊扭著屁股唱歌。

先是把土耳其皮塔軟麵包（比阿拉伯皮塔餅更蓬鬆一點）加溫，然後拿起電動刀從鋼條上削下兩人份的肉屑。據說這時候一定要站在櫃台前面看老闆，這樣削下來的肉會比較多。

削下來後等量放進麵包中，塞到裡面大概六、七分滿，從亞洲人的眼光來看真的有點太多。

但這還沒完。

接著老闆會把麵包拉得更開一點，放進比肉更多的醃漬生菜沙拉、黃瓜、洋蔥、番茄，再淋上優格醬或每家的自製醬料，最後加點辣醬。

比我整張臉還大的 Döner 就這樣來到我面前，而且麵包已經完全蓋不上，所以旁邊總是會附上叉子。每個人在吃之前都要先用叉子把裡面的料吃到一定程度，之後才能把麵包闔上吃完。

一咬下去就感受到麵包的蓬鬆和嚼勁，有些好的 Döner 店連麵包都是自己烤的，有嚼勁的口感以外，還有一股淡淡的橄欖油香。咬下去一、兩口後，鮮嫩的牛肉汁開始代替橄欖油溢滿嘴巴。

這時候就很考驗每間店家的醃製技術了，第二、三口嘴裡滿是肉香，但是緊接而來的就是醃製蔬菜的酸味，非常即時地沖淡肉類的油膩，帶來一股清爽的感覺。最後再來優格醬把一切包覆成一個整體，由辣醬帶來的微辣感完美作結。

「你吃的是什麼？」我滿嘴是肉地問朋友。

他拿來給我看：「Dürüm（發音實在很難解釋，就不解釋了），把麵包改成餅皮這樣，有點像雞肉捲。」

「好吃嗎？」

「當你吃過 Dürüm，你就不會想吃 Döner 了。」

他說的是真的，之後我試了一次 Dürüm，接下來好幾年真的沒再點過 Döner。

「啊對了，為什麼約會時不能吃 Döner 啊？」

我朋友一邊嚼一邊想了想：「大概就跟吃漢堡一樣原理吧？一約會就讓人家看見你張開血盆大口咬這東西，還會跟你在一起就真的是真愛了。」

突然間後面傳來個聲音：「嘿！兩個人怎麼這麼愁眉苦臉的啊？」話很多老闆一邊哼歌，一邊拿了兩杯紅茶放在我們桌前：「請客的！不用錢！」

我現在發覺，老闆不但話很多，而且講話都是以驚嘆號結尾的。儘管他這麼嗨，兩個連德文都還講不好的亞洲人也只能點頭笑笑，連開口都不太敢，只好聽著老闆一直喇賽。

「不要太煩躁！年輕人就應該勇敢一點！」老闆講了一句德文：“Das Leben ist zu kurz für traurig!”

「什麼？」我們一時沒會意過來。

“Das Leben ist zu kurz für traurig!”

其實這句話的文法錯了，但直到現在我都還記得。那個時候有一個土耳其老闆向最低潮的我說了這句話，一直到現在我仍然不想把這句話的文法改回來，翻譯成中文的意思就是：

「生命太短，來不及傷心！」

我看著盤子裡的 Döner，在上德文課的時候讀到，整個德國一天竟然消耗這個玩意多達三百萬個，其中光是柏林一座城市就為全德消耗量貢獻了四十萬的額度。整座城市一千六百家店日日夜夜都在削那個看起來像是會自己長肉的鐵棍。就是盤子裡這個小東西，讓一堆土耳其人都開起了BMW、賓士甚至是保時捷。

但事實上德國的土耳其人並不一直都這麼歡樂，一直到一九七〇年代他們才漸漸靠著這項小吃致富。一九五〇年代二戰結束，戰敗的德國亟需勞力來重建家園，所以招了大量土耳其人來德，還來不及教育就全部投入工作中。

但是等到建設完畢後，這些土耳其人也回不去了。為數超過四百萬的土耳其移民一直被當成二等公民，在德國大大小小的土耳其區艱困地生活著。

Döner 在柏林被發明後，發明者拒絕申請專利。也就因為這樣，大大小小的土耳其餐廳開始林立，發明者失去了大富大貴的機會，但他卻救了整個德國的土耳其人。樂觀好客的土耳其人與嚴謹的德國人，與這兩種完全不同的人們打交道，成為我德國回憶中最重要的一部分。

土耳其烤肉小歷史

Döner Kebab，土耳其語，本意是「旋轉的」。通常是在一根直立鐵棍上面鑲上交替層疊的調味肉而成，常見的醃製調料有桂皮、小茴香、芫荽籽、小荳蔻、薑黃、丁香、辣椒、胡椒、薄荷和大蒜等各式香料。此外，通常會在頂部放置洋蔥、番茄或半個檸檬調味。

德式 Döner 與道地土式最大的差異在於，土式是盛裝在盤子裡，配上米飯和辣醬；而德式則是包成三明治形狀，裡面加上生菜沙拉和醬料。常見的生菜有番茄、洋蔥、蘿蔔、生菜及醃黃瓜，最後再塗上優格醬或一些以美乃滋為基底的自製醬汁。

事實上許多觀光客來到土耳其指名要吃最正宗的 Döner 時，他們指的其實都是加了生菜和優格醬的德式 Döner。雖然土耳其人對德式吃法非常不以為然，但是現今在土耳其各地，的確已經出現越來越多這種吃法。

那麼這道小吃究竟是怎麼來的呢？現在就讓我們來看一看 Döner 的演化史吧！

根據考據，Döner 的旋轉烤肉源自於土耳其西部的安納托利亞高原，在那裡人們食用鐵棒串烤已經有悠久的傳統。他們從鐵棒上面割下肉類，包進阿拉伯常見的皮塔餅裡面一起食用。普魯士與德意志參謀長毛奇將軍就曾經在一八三六年的日記中記載 Kiebabtschi 這種神奇的吃法：

> 我們的午餐吃的是一種道地土耳其式的特色菜……接著就出現一個木製盤子，上面放著在鐵棒上面串烤過的小塊羊肉，再包進麵團裡。一道很不錯、非常美味的料理。

不過在一開始的時候，烤肉的方式其實是將棍棒水平橫著烤，而不是垂直的。這種料理方式雖然美味，但是切割下來的肉汁總是會直接滴進火裡，導致最後肉變得有點太柴。後來一名叫做哈姆迪的廚師為了解決這個問題，第一次改成垂直的燒烤方式，這樣切下來的肉汁不會滴進火中，而是會被吸進下面的肉塊裡。

這種料理方式大受歡迎。後來他獨特的醃製配方被幾個徒弟抄寫下來：切成薄片的羊腿肉用碎洋蔥、鹽巴、胡椒、辣椒和以孜然為主的各式調料醃製幾天，然後在鐵棍上堆疊成錐形。最後用刀子切下烤肉，包在皮塔餅裡。

那時用的烤窯是由磚塊和泥土推砌而成，並且在裡面鋪滿了橡木柴。切下肉時，上面流下來的肉汁和脂肪從上而下，沁透了下面的肉，讓味道更香。接下來混合了番茄、黃瓜、蘿蔔和辣椒填滿，一咬下去，柔軟飽滿的肉便在口中生香。這種特殊的燒烤方式很快就傳遍了土耳其。

一九四〇年代時，一些伊斯坦堡的餐廳（雖然還沒有很多）已經開始供應這類烤肉，而在托卡皮政府區的餐廳裡更被當成一種外帶的速食食用，以應付那些匆忙的政府官員們。

那麼，這道土式料理是怎麼到德國的呢？

故事還要從一九四五年二次大戰結束開始，那時戰敗的德國一片狼籍，幾乎所有的大城市都被炸回了中古世紀，首都柏林更是慘遭蘇聯軍隊徹底蹂躪。在戰後的文獻上有幾幕其實非常讓人震撼，像是《想像之城》這本書裡描述的一幕：那時有兩、三百萬德國女性被蘇聯士兵強暴，女人被蘇聯士兵強姦完之後，還被迫用嘴巴承接士兵吐出來的口水……

另外，也有一幕讓我印象很深刻。雖然這不是發生在德國，而是在奧地利維也納。一名老婦人在戰爭後，站在從戰俘營釋放回國的士兵人群中，不斷向每個人詢問：有沒有人看見她的兒子……

雖然戰後的生活悲慘，但是被盟國佔領的西德很快就從戰爭的殘破裡回復過來。

一九五〇年代是西德歷史上有名的「黃金時代」，美援物資還有戰後重建的大量需求，讓西德家家戶戶的物質生活開始飛躍。這時候的德國雖然景氣大好，卻面臨了另一個重大問題——沒有勞動力。

是的，因為幾乎所有男性都在戰場上死掉了～～

廣大的需求市場導致德國必須開拓新的勞動力，在一九六〇、七〇年代，最常被招聘來德國的兩國外籍勞工分別是：因為越戰逃離的越南人，和離德國最近的土耳其人。他們被成群招聘到了歐洲，還來不及學習德語就必須投入低階的勞動市場。這也就是為什麼在德國，越南人和土耳其人會特別多。

隨著這多達三百萬土裔勞動人口來到聯邦德國，身為世界三大菜系之一的土耳其飲食文化，也就這樣來到了德國。

努曼就是其中一人。

一九六〇年，年僅二十六歲的卡迪爾·努曼（Kadir Nurman）作為一名商人來到了夢想之地德國。一開始他在南德大城斯圖加特的賓士廠工作，後來在一九六六年，他成為柏林一名印刷廠工人。在工作的歲月裡他注意到：這些德國的外籍工人用餐時間非常短，必須用最快速的方式解決自己的一餐。這個時候來自安納托利亞高原的努曼，想起了他童年的一道美食。

一九七二年，柏林動物園旁邊開起了一間小小的烤肉店。大家好奇地看著店裡不斷旋轉的烤肉棍。剛開始努曼賣的麵包裡面只有肉和蔥，但是後來他靈機一動，又加上了黃瓜、洋蔥、番茄、生菜……各式各樣他愛吃的沙拉。等到最後他又刷上醬汁、解決了口乾問題後，一份道地的德式 Döner 就這樣誕生了。

當然，這只是 Döner 起源的眾多說法之一。但不管有多少故事版本，「為了方便快速食用」都是這種三明治的初衷。一九七〇年代以後，Döner 在德國迅速刮起狂潮。自從一九四〇年代末咖哩香腸問世後，一九六八年學生運動是它的最後一次高峰，然而從此以後這種傳統的德式小吃就沒落了。一九七〇年，柔軟的麥當勞漢堡把傳統德式香腸打得兵敗如山倒，眼見麥當勞正逐漸統治德國的當下，土耳其烤肉卻異軍突起，如今已經和咖哩香腸、披薩並列為德國人最愛吃的三種小吃。此時此刻，數以百萬計的錐型烤肉冒著濃濃的香氣和各式調料遍布整個德國，甚至蔓延到全世界。而無論是卡迪爾．努曼或是其他發明者，沒有任何一個人出來申請這項食品的專利。

卡迪爾．努曼之後接受《法蘭克福評論報》的訪問，他這麼說：

「我很高興……這個小吃風靡了數百萬人，並且讓這麼多的土耳其人在土耳其烤肉中安身立命。」

不一樣的美，也很美：教堂與櫻（上）

我想這一切揭示給我的是：這個世界如此寬闊。
沒有註定的命運，也沒有非如此不可的事情。
我們不需要小心翼翼地跟隨所謂的必勝法則，因為這世界上，
絕對不會只有一種通往幸福的方法。

——海獅

雖然說的是春天的櫻花，但是故事得從冬天開始說起。

歐洲的冬天聽起來很浪漫，但實際上有將近四分之一的德國人在這個季節罹患程度不一的憂鬱症。什麼溜冰、滑雪、白色耶誕，最晚到一月這些歡樂就會全部遠去，接著所有人就會體驗到天氣是如何真實地影響他們的心情。

十點天亮、四點天黑的日子日復一日。沒有陽光，舉目所見只有遠方的枯枝、白色的屋頂，還有延伸到無邊無際的滿地泥濘。

在一到四月這三個月內，人們的眼睛漸漸變得毫無生氣。他們被困在家裡無處可去，每天待在同一個屋簷下大眼瞪小眼，在台灣人們可能會喪氣、會憤怒、會有種種的負面情緒，但是很少會有那種如心死一般的抑鬱，連想反抗都沒有力氣。就在這種情況下，人們很容易感受到自己有多孤寂。

在留學生活開始四個月的那段時間，我其實過得不太好。

一個家族的長孫跑到歐洲讀歷史，光是這樣就不難想像當時我遭受的阻力有多大。鬧完家庭革命之後我一個人在德國，好不容易考過德語檢定、申請上大學後，家裡的反應只有一句話：「那你在外面玩了兩年也夠了，可以回來了吧？」

因為不想再造成別人的負擔，所以我開始打工。工作的地點幾乎已經要離開漢堡，每次到要下車的前幾站，車廂就都已經幾乎全空了。

有一天，在溫暖的車廂裡我抱著胸，就這樣慢慢睡著了。

然後，我做了一個夢。

在夢裡我一樣是在火車上，但是火車正急速駛過一段懸崖，突然間一個撞擊幾乎把我扔了出去。我死命地抓住扶手，整個人懸在外面，看著腳下深不見底的深淵……

我死命抓住，但一陣巨大的離心力仍舊把我甩了出去，我整個人就這樣落入了深淵裡。

接著我驚醒過來。驚魂甫定地看了看四周，發現列車仍然搖搖晃晃著前進，但就在這時候，有一幕讓我一直到現在還是難以忘懷：

列車正駛過一個一望無際的平原。在冬天一片藍色的霧氣中，一個人都沒有。

整列車廂裡同樣空無一人，看起來就像一輛無人駕駛的電車，而全世界的人卻都突然間消失了。

除了我以外。

我終於意識到了自己有多孤寂。無處迸發的那種抑鬱、壓力在心裡越積越多，我不斷想著：出來到底值不值得？要不要乾脆放棄算了？會不會家人說的其實是對的？我根本會餓死……

越來越多問題，直到最後讓我整個人都塌陷了下去。

就這樣過了幾個月，越來越低潮的我幾乎已經陷入憂鬱症的邊緣。但就在這最幽暗的谷底，突然有一天我坐在公車上，陽光照到我的臉上。

那一剎那我根本沒會意過來，只覺得這亮亮黃黃又溫暖的東西到底是什麼，愣了大概半秒才發現：啊，原來是太陽啊！

好幾個月來第一次有點春天的跡象，雖然這時候，大部分時間看起來就像是一片藍白潑墨的畫布一樣，但至少已經不像冬天時那麼陰翳。整輛公車的人都不自覺移到有陽光的那一側，倚在窗戶邊微微閉著眼睛。

高緯度地區特有的溫和陽光穿過重重雲層，像赦免整個世界一樣，緩緩降臨大地。雖然只有短短的幾分鐘，卻也讓人重新燃起了春回大地的信心。

「你說……你憂鬱的原因，是因為覺得很對不起家人？」

我和朋友閒聊。朋友咬了一口巧克力麵包，問我。

「也不能算是覺得對不起吧……」我說：「只能說很不確定，我這樣的決定到底是不是正確的。」

「為什麼？」

「唔，」我聳聳肩膀：「就……花這麼多錢，出來讀歷史。」

朋友沒有安慰我，也沒有說一些冠冕堂皇的話。他只是默默咬著麵包，最後問了我一句話：「那你家人希望你怎麼做？」

我稍稍愣了一下，其實我也不太知道他們到底要我怎樣。就我記憶所及，他們只是一味對我的所有決定不斷發表意見：從怎麼吃湯拌飯一直到人生的走向。

我再次聳聳肩：「大概就跟台灣大部分家長一樣吧。考好高中、考好大學、當公務員、結婚生子、買房買車。」

「你有辦法這樣過一生嗎？」

我搖了搖頭：「沒有。」

「這麼說來，在你這一生當中，一定會有個交叉口和他們的期望背道而馳對吧？總有一天，你會和這世界攤牌說：不，你們的要求我做不到。」

我沒有說話。朋友繼續說：「那就現在吧。」

我很難形容那時候的感覺，真的是震驚到無法說話。一方面因為遲早得反抗而感到心慌，另一方面又因為遲早得反抗而感到心安。所有感覺糾結在一起，到最後突然就理解：如果堅持選擇一條跟別人不同的路，那麼「孤寂」就是不可逃脫的既定命運。

生活在德國，你會感受到一種如心死般的抑鬱，連想反抗都沒有力氣。在這種情況下，人們很容易感受到自己有多孤寂。

但也正因為自己是這樣的一個人，那麼生命裡的所有方向，都只能由自己決定。

相信自己、相信終究能夠春回大地，然後堅定走下去。

我看著公車窗外經過的大片公園，突然間看見這樣的一個畫面：陽光穿透重重雲層，在公園外的小空地上形成一個光區。小小的光區裡站滿了人，每個人都用同樣的角度抬頭，眼睛半閉曬著太陽。

外面依舊是天寒地凍，突然來了一陣風吹動了雲層，導致光區也跟著移動，

那群人匆匆地又跑到光區下面，然後再仰頭閉眼曬著太陽。

不一樣的美，也很美：教堂與櫻（下）

語言班裡面什麼國家的人都有。

在初春一次星期五晚上的派對上，我和一對瑞士情侶聊起天來。現在想想那次對話實在很有趣，因為那對情侶裡面，男的會說英文、法文，女的會說德文、法文，而我會說德文、英文。

所以基本上那次的對話就是：我和男生用英文聊天、和女生用德文聊天，而他們情侶之間則是用法文對話。

「對不起，你們剛才說的是……？」

「所以妳男朋友的意見是……」

「不、不對，我剛剛是說……」

「啊、啊！原來是這樣啊！（內心崩潰大喊：他到底在說什麼啊？）」

不過很奇怪的是，我們竟然還聊得滿開心的。

最後他們問起我來德國打算讀什麼，我心想天啊，終於開始了。

因為根據我的經驗，等到我回答「歷史系」之後就會鴉雀無聲，接著在一陣震耳欲聾的沉默後開始有人發難：「啊你以後要幹什麼？」然後我也回答不出來，最後就尷尬地結束這個話題。

「歷史系。」我說。

兩個人眼睛頓時發亮：「真的？哇，你真的是個很幸運的人呢！」

我很難形容當時的感覺，因為我被他們的反應震驚到說不出話來。那時候真有一種很多我們習以為常的事情，也許到地球的另一邊就會完全不同的感覺。

這世界，真的很大。

「呵呵，台灣人可不這麼認為喔。」我和他們說。

「真的？那他們說些什麼？」

「他們總是會說，歷史系出來找不到工作，或是興趣不能當飯吃。」我說：「所以我來德國念書，其實家人也不太支持。」

「是嗎？」

我點點頭：「天天吵，吵到最後我妹都說：『那時候真希望你不如趕快到德國去，這樣至少安靜一點。』一直到最後要走之前，他們說了一句話，我才最終算是和平出了國。」

「他們說什麼？」

我低頭看了看杯子：「『如果真的撐不下去的話，那就回來吧。』」

他們看了看我，跟我碰了一下杯子：「你有個好家庭呢。」

「是啊。」

突然間有個笨蛋打開了窗戶，冷風瞬間灌進房子把大家冷醒。

我真的很討厭冷天，尤其是在德國，陰冷的天氣好像無窮無盡似的。但瑞士情侶注意到的卻跟我不同，他們看了看四樓窗外樹梢，微微的嫩芽已經開始冒出頭，興奮地說：「看起來，今年的春天會很漂亮呢……」

教堂與櫻。

而就在之後的某天晚上，住在頂樓的我突然間聞到一股飄香。

我還正想那是什麼呢，結果走出房間來到對面的廚房一看，發現外面的整排櫻花樹在一夜之間全部綻放……

四年之後，我已經寫完論文，也口試完畢了。

一回頭看見廚房窗戶外搖曳的櫻花樹，我總會想起那段時光。

環繞著漢堡市中心的阿爾斯特湖一邊漫步，溫暖的陽光懶懶地照在身上，已經絲毫沒有冬天的影子。湖畔綠色的垂柳隨風搖曳，在柳樹與柳樹中間，則夾雜著一株連著一株的櫻花樹。偌大的湖泊滿是粉紅色的樹影，隨著哥德式教堂的尖塔一起倒映在深綠平靜的湖面上。

櫻花被風一吹立刻飄散，花瓣雨緩緩飄落到湖面，飄落在划船而過的遊船邊，飄落在木造的繫船柱旁。

湖畔的涼椅上總是有人。有些人鋪起野餐毯、拿著裝著紅酒的玻璃杯開始野餐。有些年輕人更誇張，直接把沙發搬到湖畔開始天南地北地聊天。

湖旁邊都是頗有歷史的富人區。一排望過去全都是擁有歷史感的洗石子獨棟透天厝，或是巴洛克式的房子，旁邊則有工人在精心修護外面的花園和草皮。我一邊慢慢走過去，一邊看著他們翻土、仔細鋪上充滿養分的黑色土壤、種下花苗、鋪平，最後將草皮割得整整齊齊。

每次經過我都會不經意地往窗戶瞄上兩眼，想看看住這種房子的人到底長怎樣。在繞到超過一半的時候，突然出現了一隻狗。

德國沒有流浪狗，而且看那隻狗身上乾淨的程度還有脖子上的項圈，就知道絕對是有人養的。但很奇怪的是，在我繞了這一整圈裡，只看見小狗就這樣沿著湖畔慢慢走，但卻沒有任何看似飼主的人。

我當時也不知道是太無聊了還是怎樣，就一直跟在小狗的後面。

櫻花樹下，好友相伴。

只見每個人看到牠，都露出如陽光般燦爛的笑容。

當然，德國的櫻花也像日本一樣稍縱即逝。

不過德國沒有發展出日本那種「在一瞬間綻放、在一瞬間凋零」的寂寥美感，對德國人來說，四月綻放的櫻花不應該是生命的凋零，反而是春回大地的信息。

對櫻花的看法，也象徵這世界的寬廣，讓每個人看見同一樣東西，卻都有不同的反應。

在某個夜裡，整座城市的櫻花突然間無預警綻放，接著在兩到三個星期後，又無預警通通消逝。

落下的櫻花雨鋪滿整個街道，在紅磚房子前鋪上一條長長的粉紅花毯。這並不是誇飾法，花瓣真的落到整條街就像鋪成一塊地毯一樣。

德國人開心地迎接可能會讓日本人心碎的櫻花雨，滿心期待著：

接下來就是花團錦簇、陽光旖旎的季節了。

2 大學戰役

申請德國大學，總共分成兩個部分：一是語言考試，二是申請入學。
一場飯局，瞬間把我從悠哉的人生打回南陽街補習地獄，
在讀到欲哭無淚的時候，我看見一個德文字：Die Lichtung，
這個字是光線（Licht）的延伸，意思是「森林中的小空地」，
我突然被這個字隱含的美感震懾，久久不能自已。
為什麼我現在在做這種事呢？這種日子究竟要到什麼時候才會結束呢？
而就在申請大學時，我發現一件更讓我崩潰的事：
漢堡大學歷史所的申請標準是四門現代語言，
外加一門希臘文或拉丁文之類的古典語言……

沒想到吃個飯，大學戰役竟然就開打了

冬天的德國天黑得很早，才下午四點就已經伸手不見五指，厚厚的鞋底踩在雪地上，不斷發出聲響。

我一邊喘著氣，一邊用不跌倒的最快速度往家門狂奔，一邊在心裡大喊：就是今天了！

今天就是決定命運的最終日子！

我用迅雷不及掩耳的速度打開樓下的大門和郵箱，裡面赫然出現一個Ａ４大小的信封。

這跟之前收到的信都不太一樣，因為之前其他學校寄來的都是一般信件的大小，而這份從漢堡大學寄來的文件不但大得多，而且分量十分扎實。

我根本等不及拿回房子裡，馬上就在信箱前顫抖地打開……

在留學的漫漫長路裡，「申請大學」絕對是每個留學生都得面對的第一道關卡。

雖然碰到的問題不太相同，但是遭受的磨難大概都是大同小異的。

就像我先前提到的，德文是一種夭壽難學的語言。你知道，我知道，德國政府也知道，所以留學生在申請德國留學簽證時，都可以先申請一個俗稱語言簽的簽證（正式名稱叫A種簽證），也就是說，可以選擇先在德國私人或公立語言班念一段時間，通過德文入學考試之後再申請大學。

我拿的就是這種簽證，所以一開始先進入一間私人的語言班就讀。但就在我拿到語言班的帳單時，眼珠差點沒跳出來。

這價錢也太貴族了吧！

只是等我真的到了那裡才發現，這語言班還真對得起它的價錢。

語言班座落在距離市中心一站、全漢堡少數沒有毀於二次大戰的街道上。整個語言班就是一棟古典的紅白相間磚房，窗戶外邊一層白色的窗框，窗柱是繁複的希臘風科林多柱式。在語言班旁邊的同一系列房子上，鑲著大大的一串數字：一八七四。

……一八七四年建的？

這棟建築剛造起來的時候，自強運動才開始沒幾年，李鴻章、俾斯麥還活著？

而我現在竟然在裡面讀書!?

更厲害的是它的自習室看起來也一樣歷史悠久。挑高的天花板上有著雪白的雕花浮刻，自修室的桌子全都是大理石的。至於上面樓層則是學生宿舍，天花板當然也是挑高的。在宿舍一打開窗戶，就是有名的漢堡賭場。下課後我常常去同學的宿舍裡作客，正當我無聊跑到陽台遠眺時，剛好就看到兩、三個穿著燕尾服的人圍坐在一個巨大的賭桌旁，像《賭神》裡的場景一樣把一疊籌碼往外推。

「這可真不是一般人看得見的場景……」

總之，這個語言班雖然貴，但只要你是這裡的學生，它就會幫你處理好你想像得到的所有問題：他們有正式的學生證可以讓你在歌劇院、電影院、火車站購買優惠的學生票；有合作的健康保險公司而且價格公道；會幫你準備申請延簽一切要用的在學證明、居住證明，還有讓你想撞頭撞到欲哭無淚的各種文件。在那裡你唯一的任務，就是學好德文！

歡樂的語言班時光過得很快，轉眼間夏去秋來，每個德國留學生都要開始面對各自的大魔王，而通常魔王關就是：德語考試。

我在這裡每天過得像天堂一樣。記得在語言班開始沒多久後朋友找我吃飯，無意間聊到準備德文考試的問題，哪知道立刻就讓我墜入了絕望的深淵。

這種學生會的聚餐看似歡樂，但其實裡面總是會帶有一點點哀傷的氛圍。

「那個誰誰，怎麼不見了？」

「噢他離開漢堡了啊，到漢諾威去了。」

「那個誰，也沒來欸。」

「他……不方便。」

現場突然沉默了下來，因為大家都知道這名同學很可能遭遇到了所謂的「入學滑鐵盧」——在時間有限的語言班簽證裡，從德文班、語言考到申請入學，每一項環節都排得非常緊湊，只要有一項卡關，撤退回國的機會就會非常高。

「他參加的語言考，是德福考試對吧？」

「是啊……而且總共參加了五次，今天拿到成績一看，還是沒過。」

「是喔……」

在這邊我要先解釋一下德國大學的入學方式。當然在申請簽證的時候，你可以先申請就讀一段時間的語言班再去申請大學。但是語言班不能沒有時間限制地永遠讀下去，所以在台灣申請簽證的時候，我被告知在兩年內一定要考上大學，否則就必須遣返回家。

雖然每次學生會聚會面孔都不太相同，但是對當時的我來說，感覺卻好像還是相當遙遠——按照我當時的計畫，我在第一年就是什麼都不用管，只要把德文學好就好，再來半年準備德文考試，最後半年申請入學。

而到目前為止時間已經過了大概九個月，我的德文課程完全按照我的計畫走：再過三個月，我就可以達到德國入學測驗的C1等級。接著就去專門為通過考試設立的準備班衝刺五個星期，考過以後大概還有半年的時間申請大學。

整個完美！

尷尬的氣氛持續了好一陣子，不久後大家轉向最菜的我：「啊~好啦不提別人了。倒是你，你上大學了沒？」

我搖搖頭：「我還早好嗎？我大概明天秋天才會申請吧？」

「怎麼那麼晚？你不是已經來一年了嗎？」

「我才來九個多月好嗎？而且簽證是兩年，我還沒那麼急。」

整桌人突然又是一陣沉默。我察覺氣氛好像不太對：「怎麼了？」

「你不知道嗎？」

「知道什麼？」

「簽證每個地區都不一樣喔，而且漢堡最近的簽證規定改了。」

「改了？」

朋友點點頭：「對啊，漢堡的語言簽證最多只給一年半喔。」

……！！！

一瞬間我掉入了最幽深的深淵。

趕忙掏出手機查詢最新的簽證規定後，我臉都青了：漢堡市的確最多只給予一年半的語言簽，在進入德國一年半內，必須拿著你的德國大學入學許可去外事機構辦理正式的學生簽證。

也就是說，按照時間表，我現在應該要已經在上德文考試準備班了！我突然感到一陣天旋地轉，就好像是一個人拿著攪屎棒，猛然扎到你腦子裡去翻江倒海。然後一邊聽見他大喊……

你在德國的生活要玩完了！

是真的很有可能要玩完了！

我的心情十分複雜。一方面有點怨恨朋友為什麼要告訴我這件事，一方面又感激他告訴我這件事。

我提振起精神：事情還沒有完全絕望，還有轉圜的機會！

我現在的德文程度大概是B2，也就是德福考試剛好擦邊球的等級。按照原本計畫，我應該要再花三個月去上下個等級的語言班，準備充足後再去報名德文考試。

但是現在我的計畫整個被打亂。經過朋友的介紹，我立刻去報名下一期的語言班準備班——那是一個有如台北南陽街的肅殺戰場，所有學生的目標，就是征服那名為「語言考試」的高地！

語言班前是一條少數沒被盟軍轟炸的街道，難得的夏日晴空，德國人在街上曬太陽（漢堡市區）。

外國月亮沒有比較圓，德國也有南陽街型補習班

準備班裡的氣氛十分肅殺，和之前的語言班相比宛若天堂與地獄。老師沒有任何笑容，機械化地講解著我們即將面對的大考地獄。

事實上比起過去的入學方式，如今的德語入學考已經算是很單純的了。在先前，學生要參加的是各校自己辦理的外國學生入學德語考試（Deutsche Sprachprüfung für den Hochschulzugang，簡稱 DSH）。這種測驗方式的好處是各校出題可以比較靈活，也比較能測試出學生的真實程度。但由於測驗難易度不統一，而且得消耗考生大量的報名費、車費、住宿費等問題，一九九六年起德國開始引入全世界通用的德文測驗。在這樣的想法下，testDaf 便應運而生。

全稱 Test Deutsch als Fremdsprache（外語的德語能力測試），中文簡稱德福考試，相當於英國的雅思或美國的托福考試，成為德文世界的共同測驗標準。

老師講解著德福考試的內容：分成「聽」、「說」、「讀」、「寫」四個部分，每個部分大概分成二十題。整場考試下來，會花掉半天左右的時間。

每部分都是從易到難，內容涵蓋大學生活各個層面。「……我們用口說來做例子好了，剛開始的幾題可能會假設你現在正與朋友在咖啡廳聊天，而你必須向朋友介紹自己的家鄉情況；到最後的幾題，可能就是假設你在大學課堂上，針對某項議題發表自己的論點。」

老師高高舉起五根手指，說道：「每個大項的最高分是5分，但是你只會拿到四種分數：5、4、3和u3，意思是三以下（unter 3），這等於零分。根據德國大學入學標準，你們要拿到至少四個4，才達到德國大學入學標準。」

有人舉手：「老師，請問錯多少會被扣到低於4分？」

老師想了想，最後給出來的答案是：「當然，每部分扣的分數都不同。越難的題目分數會越重，不過……」老師戲劇性地停頓了一下：「整個大項，你最好不要錯超過三題。」

我就這樣正式進入了德福準備班。第一堂課就先來次模擬考震撼教育一下。

我完全無法從過去悠哉的語言班生活中調適過來，整堂課就在一種強烈的既視感下度過。我好像回到了在公車上猛背英文單字、每天念書十五個小時、不斷練習著和實際語言能力沒什麼關係的解題技巧，而且要隨時隨地與那個問著自己「這一切到底有什麼意義」抗戰的日子！

甚至連同學都很不一樣。之前是一種快樂學習的氣氛，大家下課後會彼此聊天，有不會的文法問題只要提出來，大家都會很樂於為你解答；彼此說笑談天，下課後會相約喝杯熱巧克力，或逛一下紅燈區（真的有）。

但是在這裡整個氛圍都變了。如果你高中時有去補習過，一定知道我在說什麼：每個人下課後除了去上廁所以外，都安安靜靜在座位上做著練習題，似乎都把別人當成潛在的競爭對手，在跟別人講話時，我都快要可以聽見對方心裡的聲音：「這次考試他應該不是需要擔心的對象……」

五個小時後好不容易下課，我們已經做了差不多兩輪的考題演練。正當所有人已經快吐了的時候，老師則是慢條斯理翻著課本，一邊出著當天晚上的回家功課：

「所以這次的作業就從第十頁開始，

（翻）十三、

（翻）十二、

（翻）十三、

（翻）十四……」

桌上那一台，真是時代的眼淚啊！

說真的，那一瞬間我們的反應是……笑了。

真的是笑了，我們原本還以為老師在開玩笑！

但是隨著老師自顧自地翻頁，我們的笑聲也開始慢慢變小。

「十七、十八、十九……」

笑聲越來越小，終於全班一片死寂。老師好像還在懲罰我們剛才的笑聲似地。

「二十、二十一、二十二……」

是的……

那天晚上，我們的作業是整整十三頁閱讀和聽力測驗！

剛剛五個小時才做了十頁，所以回到家後，這些作業大概也要花五、六個小時！

「好了，今天就先做到這裡為止吧。」老師輕鬆愜意地宣布下課後，所有其他國家的學生全部傻成一片。從來沒有經歷過這些考前準備班的同學們，完全不敢相信剛剛到底發生了什麼事。有些人轉頭問我：

「老師剛剛出的作業是……？」

我點點頭。

一種似曾相識的感覺瞬間襲上我的心頭。那一瞬間我知道：從今天開始，一切就都是玩真的了。一種塵封已久的過往記憶好像開始解鎖，紛紛湧上心頭。

一個我以為這輩子都不會再經歷的時代，回來了——

成長在亞洲的我們，每個人都經歷過的指考戰國時代，已經全部回來了！

語言考戰國時代（上）

我很難精確描述那時感受到的心情。

雖然說我熬過了亞洲那恐怖的大學考試，但那好歹也是快八年前的事情了！那一瞬間我立刻感覺到，好像有一雙巨大的手，一下子就把我甩回十七歲的噩夢裡。

不!!

十七歲你不要再給我回來了了了！

我在心裡大聲尖叫，但一轉頭看到其他同學的表情，突然發現原來我的狀態已經算是很好了。

中南美洲、歐洲和土耳其的同學整個傻眼，他們睜著大大的眼睛，嘴巴過了很久都無法闔上，好像完全無法想像世界上竟然還有這種事情。從他們眼神死的眼睛裡，我好像看見了以前的自己：

「為什麼？為什麼我得來學這種考試技巧？這到底是幹嘛的？這有什麼意義？」

不行！不可以問自己這種問題，這可是兵家大忌！

雖然我也不喜歡這種考試制度，但是至少經歷過考試時代的我馬上就會意過來：在這種分秒必爭的時刻裡，最重要的就是調適好心情準備迎接硬仗，所以相比之下，亞洲的同學雖然剛開始也被震撼到，但是他們馬上就從最初的震驚中回復過來，變成一種泰山崩於前而色不變的安定感。

像「為什麼」、「有什麼意義」這種沒意義的問題，就要把它壓在心底最深處。我們每個經歷過亞洲考試制度的學生，都在長年的練習下擁有這種能力！

（現在想想，擁有這種能力真的是滿悲哀的……）

當然，準備班的課程不會因為人需要調適就停下，一週六天、每天九到十小時，我們就在各種題型和解題技巧中度過日日夜夜。

這種人生真的好難，這和在台灣考大學的壓力完全不同。考大學的時候，你知道自己其實不管怎樣一定都會有大學念，頂多就是國立私立、第一志願和第二志願的差異。但在異鄉準備入學考，只有過與不過、進入大學與撤退兩種選擇。在語言班幾十萬都已經噴下去了，一撤退，所有的錢、時間，等於全沖到馬桶裡一去不回。

而在整個班級裡，我面臨的處境則更為艱難。

因為整整比別人少一個級別的關係，我的程度本來就比別人差，就算可以很快學會應試技巧，也越來越難彌補之間的差距。在經歷幾次模擬考後，我與其他同學的距離越拉越遠，而原本認為應該過不了的幾個同學也都已經開始迎頭趕上。

我的壓力越來越大，只要是眼睛睜開的時間，我就在做各式各樣的題目，並開始從網路上下載別人的模擬考題和考古題。但是不管我怎麼練習，成績始終都上不去。在一次下課時，我曾經客觀審視自己考過的機率。最後得出來的結論是：雖然不能說完全沒有機會，但是我真的必須很幸運才能夠低空飛過。

我從來都沒有過這種經歷。根據我自己的考試經驗，通常我得在模擬考裡考出飛越標準很遠很遠的水準後，才能在正式考試時打出個擦邊球。

連模擬考都要很幸運才能達標，那就表示……

我整個欲哭無淚，德國大學離我好遠。

很快又到了下次聚餐的時間。滿腦子都是德文考試的我也問起其他人的狀況。

「還記得那個誰誰誰嗎？」朋友提到連續闖關五次失敗的那個同學。

「對啊，他考上了嗎？」

朋友搖搖頭：「沒有，回去了。」

「回去了？」

「第六次闖關失敗後他整個崩潰，最後不想承受這個壓力，回台灣了。」

我們沒有回答。安靜了一陣子之後，才有人緩緩開口：「對他來說，也算是一個好選擇吧……」

是啊，也許撤退，也沒什麼大不了的吧。

我們周遭出現了越來越多闖關失敗的例子，許多人在上一次飯局原本還出現的，現在卻默默消失了，我們都已經不再過問誰的行蹤。眾人來來去去，但我們都有自己的戰爭要顧。

朋友問：「那你呢？準備得還好嗎？」

我聳聳肩：「也只能向前衝了。我不能撤退。」

「怎麼說？」

我猶豫了一下，這麼沉重的話題好像不適合在這種聚會的時候講：「我……是鬧家庭革命之後才出來的。」

這不是很正常嗎，出國留學讀歷史？

想也知道家裡當然一片反對的聲浪。尤其是在我這個什麼叔叔嬸嬸全都住在一起的三代同堂家庭，每天我在家裡就是被轟炸。

「不負責任」、「異想天開」、「天馬行空」、「你想出去玩就說嘛」。

剛開始我只是聽著，但不久後年輕氣盛的我也爆炸了。

家裡的每個長輩跟著爆氣，開始遷怒到其他小孩子身上。很久很久以後，我妹才終於和我說：「那時其實連我都覺得，你要走就趕快走，每天都在家裡真的很吵。」

那瞬間，我好像看見那些長輩擺出一副「看吧，早就說你不行了，還白花了這麼多錢……」的臉色，我搖搖頭：「不行，如果沒考上，我根本沒臉回去。」

「你有幾次機會？」

我根本不敢說，兩個月一次的考試，在簽證到期之前算算大概是……兩次。

語言考戰國時代（下）

隨著時間越來越近，我也越來越焦慮。每天只想跟同樣處在入學地獄的人混在一起，開口閉口除了各種考試的小技巧以外，也只剩哪間大學比較好考、申請上的機率比較高之類的。終於有一天，我們收到了一個非常令人振奮的消息：根據我朋友的說法，原來因為德國教育各自為政的關係，其實不是所有德國大學的語言要求都要四個4。

「真的假的？」

「對啊，我後來找了一下，有兩所大學的語言要求是只看總分的。像不萊梅大學只要求總分16分就可以申請。」

我整個眼睛都亮了起來，在所有科目裡聽力真的是我的罩門，不管我怎麼努力就是沒辦法提升聽力的成績，但如果只看總分，我的閱讀能力就可以彌補聽力的不足。

「也就是說，即使有個部分是3，只要其他拿到5就可以了？」

「沒錯！」

「那另外一所是哪裡？」

「哼哼哼……」朋友笑了一下：「就是這裡，漢堡大學！而且更好的是，漢堡大學只要求15分就可以進了！」

「!!」

我們紛紛掏出手機查漢堡大學的入學標準，接下來就是一陣驚呼：「真的欸，真的只要15分就夠了！」

就在一片歡呼聲中，我突然安靜了下來。

「怎麼了？」

我癱軟下來：「歷史所要求五種語言能力證明……」

……要會五種語言，才能讀漢堡大學歷史所！

文學院學生在歐洲地位是很崇高的。就因為如此，要征服文學院的代價也是很高的。朋友紛紛過來，拍拍我的肩膀：「請節哀……」

第一次考試那天我才剛走出考場，當天晚上回家馬上就報名了下一次的考試。

不過倒也不是因為真的那麼悲觀，而是考試成績要等整整一個半月後才會出來，而下次考試是兩個月之後。等到成績出來時，你早就已經錯過了下次考試的報名截止日期了。所以不管考得多有自信，每個人在確定自己通過前，都得乖乖繳出下一次考試的報名費。

課程已經結束了，該知道的應試技巧現在都已經學會。再來把它們練習到滾瓜爛熟就可以了。我每天的工作量大概是一到兩份模擬試題，還好有許多前輩們留下的題目，此外，網路上也有不少題目可以下載。

隨著秋意漸深，我再次發覺自己開始有點憂鬱症的傾向。

在德國的冬天，大概有四分之一德國人有憂鬱傾向。如果你待過德國的冬季，就完全能了解氣候如何左右人的情緒。夏天會讓人感到躁鬱，待在太熱的氣溫中會讓人想發飆，但冷完全是另一回事。那是一種……冷到你完全沒有求生意志的冷，冷到你連抱怨或發脾氣的力氣都沒有，在欲望、憤怒全都冰封起來的世界，侵襲自己的只有接踵而來的絕望。

有天晚上，在買完一個星期份的食物後，我站在易北河的河堤上，一邊看著河水一邊發呆。

我想起一年多以前，在那個所有人都反對我出國留學的時候，我在台北的路上看到正好來辦事的小嬸。

小嬸沒有和我們住在一起，問了我最近怎樣。

等我和她說出留學計畫的時候，小嬸直接拍胸脯：「去！去外面看看，看看這世界有多大！你的學費嬸嬸會幫你想辦法。」

我想證明我可以！

猛一回頭，我竟然在我家旁邊的河堤站了整整一個晚上！

早上的霧氣很濃，你幾乎可以看見乳白色的濃霧在易北河面上緩慢流動。濃霧之上是各種黃綠紅相間的樹影，落葉在旁邊的河堤撒了滿地。

有些樹枝低垂，垂落在如鏡河面。這時突然一陣風起，許多落葉就這樣又飄下來，全落在地

第一年就遇上八公分降雪，冷到崩潰。

上。我無法克制地一直盯著其中一片，不斷被風捲起，落不了地。

時間一天天過去，有次的模擬考我突然間在考卷上看見了一個德文字：die Lichtung。

這個字是德文光線（Licht）的延伸，意思是「森林中的小空地」。

我盯著這個字久久不能自已，突然想起曾經看過布萊希特（Bertolt Brecht）的一首德文詩。那是我看過最美的一首德文詩，我立刻上網去把那首詩的原文找了出來：

Erinnerung an die Marie A.

（紀念瑪莉・A.）

1

An jenem Tag im blauen Mond September
（九月的那一天高掛藍色月亮）
Still unter einem jungen Pflaumenbaum
（新栽的李樹下毫無聲響）

Da hielt ich sie, die stille bleiche Liebe
（就在那裡我輕擁她，蒼白沉默）
In meinem Arm wie einen holden Traum.
（落在我的手臂裡，像一場溫柔的夢。）
Und über uns im schönen Sommerhimmel
（我們頭上頂著一片美麗的天空）
War eine Wolke, die ich lange sah
（一冉雲朵，我已注視良久）
Sie war sehr weiß und ungeheuer oben
（它在我們頭頂上如此潔淨）
Und als ich aufsah, war sie nimmer da.
（當我再度仰望，卻已不見蹤跡）

2

Seit jenem Tag sind viele, viele Monde
（從那天起來過無數月亮）
Geschwommen still hinunter und vorbei
（安靜地流逝，也安靜地落下）
Die Pflaumenbäume sind wohl abgehauen
（李樹應該也已經被砍掉了吧）
Und fragst du mich, was mit der Liebe sei?
（而妳問我，那麼那裡的愛情怎麼樣？）
So sag ich dir: Ich kann mich nicht erinnern.
（我是這樣說的：我已經遺忘。）
Und doch, gewiß, ich weiß schon, was du meinst
（可我知道——知道妳要說的是什麼）
Doch ihr Gesicht, das weiß ich wirklich nimmer

（她的長相，我再也記不得）

Ich weiß nur mehr: Ich küsste es dereinst.

（我只知道：我在其上留下吻痕）

3

Und auch den Kuss, ich hätt' ihn längst vergessen

（即使是那個吻，我應該也會忘記吧——）

Wenn nicht die Wolke da gewesen wär

（假如那片雲彩沒有飄過的話。）

Die weiß ich noch und werd ich immer wissen

（我記得，而且會永不忘記）

Sie war sehr weiß und kam von oben her.

（她來到我們頭頂，如此潔淨。）

Die Pflaumenbäume blühn vielleicht noch immer

（也許李樹依舊盛開著）
Und jene Frau hat jetzt vielleicht das siebte Kind
（或是那個女孩如今是七個孩子的媽）
Doch jene Wolke blühte nur Minuten
（但是那片雲彩只在那一分鐘綻放）
Und als ich aufsah, schwand sie schon im Wind.
（當我再度仰望，她已隨風離去。）

好美。

我一遍遍看著。突然間想起：那才是我開始這一切的原點不是嗎？我不就是因為這個才去學德文的嗎？在那個時候，每一天都比昨天的自己前進一點點，速度雖然緩慢但是卻很充實。

為什麼我現在在做這種事呢？這種日子究竟要到什麼時候才會結束呢？

當第一次考試成績終於出來時，距離第二次考試只剩九天左右的時間。我到現在還記得，當室友把成績單的信件拿給我時，我正做完最後一道聽力測驗題目。

我打開一看：3、3、3、u3。

德國大學的最低錄取標準是四個4，總分16分。

也就是說，現在的我比錄取標準的一半再高一點點而已。

我終於失去所有的力氣。

放下筆，我仰頭不斷想著：我需要奇蹟……

家旁邊的河堤，另一邊就是易北河。

語言考試時的小小奇蹟

第二次的考試，是個陰雨綿綿的日子。

現在的我坐在旁邊放有耳機的座位，準備等一下的聽力測試。

這一向是我最弱的環節。每次模擬考的時候，我只要在這裡出了什麼差錯就會開始心慌，接下來所有其他項目也會無心作答。我想，上次的正式考試也是從這裡就出了問題。

而這次看來應該會是一樣的狀況吧？我嘆了一口氣，隨著一聲鐘響，和其他人一起翻開了考卷。

聽力試題共分三部分，最難的就是最後的訪談。在訪談中他們會討論一個專業的議題，然後那個感覺起來像是專業人士的受訪人就會解釋那是什麼東西、目前的研究進行到什麼地方。而考卷的部分則是五到七則問答題。

關鍵字通常都是一個正常人聽都沒聽過的字。然後最可怕的是當你聽完整段訪問之後，還是不知道整個訪問在講的到底是什麼東西。

我翻開考卷一看，Obergermanisch-Raetischer Limes。

天啊，我只看得懂第一個字是「上日耳曼」的意思，下面兩個字根本完全不懂。

還好當我繼續看接下來的題目時，接連看到了幾個我認得的字：

“Rom”。

羅馬的意思，這有兩種可能，一種是現今義大利的羅馬市，或是羅馬時期。

我看向下一題，馬上就講到“Rhein”（萊茵河）。

萊茵河流域和現今羅馬市沒有關係，所以應該是羅馬時代的日耳曼地區的事情。

在錄音開始前，我們只有一分鐘左右的時間可以快速瀏覽全部的題目。隨著時間一秒一秒過去，我也越來越緊張，尤其是第二個字 Raetischer。

不要說認識了，它連看起來都不像是德文字！

德文裡有很多 Re 開頭的字，像 Real（真實的）、Reaktion（反應），但是幾乎沒有 Ra 開頭的字！這絕對不是德文！

就在錄音要開始前的最後幾秒鐘，我腦海裡突然閃過一個念頭——萬一它真的不是德文呢？

萬一它，只是個譯名呢？

就在這樣想之後，我馬上在心裡把這個字唸了一遍，然後腦海中瞬間浮現起一個

字彙。那是很久很久以前的大學時代，羅馬史課出現的一個字：「上日耳曼—雷帝安邊牆」。

還有它在中文世界比較常聽到的名字：

「日耳曼長城」。

我當場差點狂笑了出來。心想果然沒錯：通常第三大題都會考一些一般人聽都沒聽過的字。

但我卻忘了我不是一般人！也許我對物理一竅不通、化學大概也只背得出元素表，但是在這世界上有一個領域，我雖然不是最頂尖的佼佼者，但是有自信絕對也累積了一定的知識量。

是的……

那．就．是．歷．史！

腦中所有關於日耳曼長城的資料突然間像火山一樣噴發出來。西元九年，羅馬第十七、十八、十九三個軍團進軍日耳曼地區，在條頓堡森林之役被滅……

羅馬第一任皇帝奧古斯都聽到後，大喊：「瓦魯斯，還我軍團！」從此轉攻為守，開始興建片段的防衛牆……

在日耳曼地區，東西邊各有寬廣的多瑙河與萊茵河當作羅馬的天險，唯獨中間的這一段需要建造人工用的城牆加以防衛……

西元八三年，日耳曼長城正式開始建造。這段防衛牆總長五百六十八公里，包括至少六十座堡壘和九百座瞭望塔……

我突然像是吃了什麼仙丹還是打了雞血似地，都還沒聽到訪談，所有的題目我都已經差不多會寫了。而訪談開始後，整個順到我覺得好像是在用我的母語講話一樣。我得意地交了卷。

果然，等到下次成績放榜後我迫不及待打開網頁查詢。一打開後赫然看見，我的閱讀成績竟然是滿分的5！

我最擅長的本來就是閱讀，但這次拿了滿分還是讓我小小雀躍了一下。我再看到聽力：4。

我終於成功了！最困難的聽力我也拿到4了！寫作的部分也是我的強項，很自然地拿到了4。

我看向最後一個大項「口說」，坦白講我從來沒有真正擔心過口說的部分，但突然間，我的心情跌到了谷底：

3。

我盯著螢幕上的成績，心情非常複雜。

一方面是慶幸這一切都還沒結束，我終於在第二次低空飛過了16分的門檻。但另一方面則是痛恨這一切都還沒有結束，語言考試之後，還有一場申請學校的硬仗要打。

為什麼有個3～～？

而且還是口說！連最痛苦的聽力我都已經越過門檻了，最後竟然栽在一個我完全沒想過會出問題的地方。這種感覺就好像是在舉行跳高比賽時，你用力一躍，好不容易在頭過、身體過、腰過、連屁股都過了以後，卻不小心意外被腳趾勾到。

就是這一勾把我的申請計畫全部打亂。記得之前有個同學問我想要報考哪一所大學，我想都沒想就回答：柏林洪堡大學！

只要是歷史系的，一定都知道我會選這所大學的原因。洪堡大學建立於一八一〇年，兩百多年來出過四十多位諾貝爾獎得主，許多耳熟能詳的德國人像黑格爾、叔本華、愛因斯坦、俾斯麥、詩人海涅，甚至連馬克思都在洪堡大學念過書。洪堡大學也是著名的「現代大學之母」，結合研究與教學的創校模式至今仍是現代大學的共同典範。但最重要的一點，則是只有歷史圈內人才比較知道：

這裡，改變了整個歷史學。

蘭克學派，歷史學最具影響力的學派，創立者是十九世紀的歷史學家利奧波德蘭克（Leopold von Ranke），他就曾經在這所學校教過書。

在他的那個時代，歷史學其實很難被稱作是「學」，因為那時的歷史其實說穿了就是個古人八卦的概念，充滿各種傳說和神話。蘭克受那時的科學運動所啟發，創立了所謂的「歷史科學」，也就是說，發展出一套史學研究的方法與系統。他主張歷史研究必須使用第一手資料，也就是目擊者的文獻與檔案，同時也必須對引用的文獻進行嚴格的驗證。

在他眼中，歷史學家成為了「上帝之手」，歷史不是為政治目的及公共需要而存在的，而是一門不折不扣的科學，必須擺脫先入為主的觀念和價值判斷，以客觀的態度去撰寫「曾經發生過的事情」。

這裡是整個現代歷史學奠基的地方，甚至影響到民初來柏林讀書的傅斯年。回到中國之後，傅斯年運用他在德國學到的歷史學知識，創辦了中研院歷史語言研究所，後來更成為台大復校後最知名的校長。他的名言「上窮碧落下黃泉，動手動腳找材料」，成為歷史系所有師生的共同準則。

而一切，都發生在洪堡大學歷史系的大門後方。

到德國不久我就衝到洪堡大學門口，在那裡感動了半天：天啊，歷史學就是在這裡奠基的啊！

我一定要上洪堡大學！

而這一切在我看到考試成績的瞬間，就被立刻撕成碎片。雖然聽說過在德國大學裡，入學標準其實僅供參考而已。很多學長姐的經驗告訴我們，有時即使沒達到大學的入學標準，仍有被錄取的可能。但是和慕尼黑大學一樣同屬德國精英大學的柏林洪堡大學，看起來會破格錄取的機會應該也一樣渺茫吧。

不過不管怎樣，還是先去試試才會知道！

柏林洪堡大學。曾經是我心中的第一志願。

安全上壘還是撤退回國？拚上命運的賭局

經過種種沙盤推演之後，我一口氣申請了十一所大學，整整是其他學生兩、三倍的數量。從夢幻學校、目標區一直到安全牌，全部都完整劃分好了。在把申請資料全部寄過去之後，我終於鬆了口氣：接下來的審核要等四到六週，所以，我至少可以先輕鬆一下了。

但誰知道才經過短短三天之後，一封信就躺在我家的信箱裡。我看了看封面，發現寄信者竟然是被我視為安全牌的學校。那是一封一般大小的信件，薄薄的，看起來就像是一個不祥的預兆。

我顫抖地打開信：

「尊敬的李先生，很抱歉我們必須在此通知您，因為您的德文成績並不符合我們的要求，所以無法錄取本校歷史研究所……」

事情沒有這樣就結束了。在接下來的幾天裡，其他間學校的拒絕信也開始紛紛抵達。我算了算，還不到一個禮拜的工夫，我投的十多間大學裡已經有七間宣布陣亡。

「抱歉，李先生……」

「我們的語言考試成績要求……」

「您的成績並未符合……」

「針對您的情況本校設有預科班，以下是報名網址……」

我整個慌了。

再這樣下去，我申請的所有學校很快就會全部陣亡的！

雖然會有那種沒到標準還是錄取學生的例子，但是德文入學成績似乎就是完全不能讓步的最低標準。我現在才發現平平都是16分，一個口說3分竟然就是天與地的差別。所幸截止日期還沒有結束，我還可以繼續投其他的大學。

問題是：投了就會上嗎？

但我現在已經沒時間想這個了！既然漢堡大學只看德文成績總分，那就代表一定還有其他學校也是這樣！

我找到台灣的教育部網站，上面列出所有教育部承認的德國大學名稱。每天早上，我只要一睜開眼睛就是打開電腦，一間一間去查他們的歷史系官方網站和入學要求。但最後想當然的，每一所學校的要求都是四個4。

這天我突然收到一封回信，這封信有點不同，只是要我補上英文版的高中成績。

我心中頓時燃起一絲希望：沒有立刻拒絕，就代表還有轉圜的餘地！但是，我手邊只有高中畢業證書，完全沒想過還會需要高中成績單這種東西。

既然大學提出要求，我無論如何都要辦到！我氣喘吁吁地跑到漢堡台灣辦事處（還好我住的城市裡有台灣的外交單位），馬上衝到櫃檯：「拜、拜託幫幫我！我這個東西在一個星期以內一定要弄到！」

根據德國公家機關的辦事效率，你一個星期根本就不可能弄來任何東西。更何況是要聯絡台北某間高中，然後跟他們要十年前畢業生的畢業成績。

天啊，這怎麼可能啊？

但是辦事處的大姐卻在隔天和我說：「我已經打電話幫你問了。你的高中說明天上班後會幫你用最急件送來，大概五、六天後就會到了。」

我一聽差點直接跪在辦事處裡，我完全感受到了台灣的人情味。心裡暗想：「等下次我回台灣時，一定要帶盒最大盒的巧克力回去給我的母校……」

收到成績單後，我滿懷期待地把高中成績補了上去。然後馬上收到德國大學的回信：

「抱歉，您的語言成績沒有達到我們的要求……」

那一瞬間，又把我打回了萬丈深淵。

到最後，我總算把所有的大學全部查完，深呼吸了一口氣。

果然還是只有不萊梅和漢堡大學兩所歷史所只看德文總分，這就是我最後的兩個希望了。但後來等我終於上去不萊梅大學網站時，突然像是挨了一記悶棍似地。不萊梅大學的報名日期跟其他大學不一樣，硬是比別人晚了兩個月！等到不萊梅大學的申請日期開始時，我的簽證早就已經過期了。

我的天，它可以這樣嗎？

答案很哀傷，是可以的。根據規定，德國大學相當自主，甚至可以自行決定自己學校的報名日期，不用參加每年一月和七月的聯合招生。

我最後的希望便只剩下漢堡大學，和它有如魔王一樣的關卡：四種現代語言和一種古典語言，只有達到這些要求，才能進入漢堡大學歷史研究所。

正當我想著自己到底要怎樣破關時，漢堡大學給了我兩種選擇：

第一是直接申請他們的歷史研究所，然後在沒有語言證明的情況下試圖闖關；另外一種則是申請他們的預科班（Studienkollegs）。

預科班就是所謂的大學先修班。在德國想要申請大學，必須先通過德國高中的畢業考試，如果外國學生沒有這類畢業考試的成績，就要在先修班取得相應的成績。

「不能兩個都申請嗎？然後看我上哪一個……」我問。

漢堡大學回覆：「是的，在所有漢堡大學的系所中，每個學生都只能選一個。」

這讓我陷入掙扎之中。雖然預科班也要求德文成績證明，但是它的要求比較寬鬆，只要12分就可以入學，憑我現在總分16分完全可以輕鬆達標。而且就算是預科班，它仍然擁有德國正式大學的學生身分。只要有這個身分，我要留在德國、拿到簽證就沒什麼太大的困難了。但現在只有一個問題：

……那是給學士班學生讀的啊！

意思就是說，我等於要從學士開始讀起！

怎麼辦？

當時的我已經二十六歲了。雖然在德國，大學學歷不是工作必要的文憑，許多人三十幾歲、四十幾歲才開始念大學，甚至很多人是退休之後，因為覺得歷史有趣所以乾脆再多讀一個學士學位。這種想法不知不覺也影響到許多在德國留學的台灣人，二十幾歲才開始讀學士班的人非常多。

但是，我真的要這樣做嗎？？

我差的不就只是口說的1分嗎？需要花一年讀先修班、再花三年讀學士班嗎？

但是，先修班可以讓我拿到簽證……

我來德國是為了做研究，不是為了拿學籍或是拿簽證！只有進入歷史研究所，整個留學才有意義！不然我乾脆回台灣！

可是如果失敗了，我就得灰頭土臉回去……

左右為難的情況下，我終於下定決心，一鼓作氣在網站上填下：

「歷史學研究所」。

申請大學時，奇蹟再次發生了！

下定決心後，殘酷的現實仍然橫在我眼前。

通過漢堡大學的德文要求只是第一步。才大學畢業的我沒什麼學術成就，沒在學術期刊上發表過文章，在校成績也沒什麼亮眼的地方，實在看不出來漢堡大學必須收我的理由。而且更重要的是：語言的問題怎麼辦？

天啊德國人有這麼強嗎？？每個學歷史的人都會五種語言以上？

我是聽過德國人很愛學語言，也許會四、五種語言對德國人來說算是一件很簡單的事情。但身為一個海島的台灣人，從小到大光是英文就花了我六、七年的時間，在九個月內學完德文還通過德文考試，對我來說就一整個奇蹟呀！

德國人到底是怎麼辦到的？

我和德國朋友聊起這件事情，說在我們印象中，每個德國人大概都會個五六七八種語言。想不到那群德國人聽完後，開始哈哈大笑了起來。

「怎麼了？」我問。

朋友笑著說：「這種事情哪有可能啊？你們太神話德國了啦。」

「所以沒有嗎？」

「嗯……」朋友叉手想了想：「中學的時候，學校的確是要求學生都要學一門第二外語。我還記得我那時選的是拉丁文……」

「天啊，你這麼厲害啊？」

「拜託，那種東西等到上大學之後，沒用就幾乎全部忘光光了。」

「可是你們都還有通過語言考試啊，那就代表至少有一定程度吧？」

德國人搖搖頭：「不，我們沒有考試。」

「什麼？你們連多益都沒考過嗎？」

「那是什麼？」

從那次聊天之後我終於知道，所謂的五種語言要求並不是真的要去考試，而是只要在學校學習一門語言超過兩年時間，就被認定「會」一門語言。

這件事情給我打了一劑強心針，我立刻去算算自己到底會幾種語言：

德文，我已經考過德文考試了，沒問題！

英文在國高中都不知道修了幾年，當然也沒問題！

再來就是我的母語中文，在檢附文件上，我直接印了張護照送上去。

第四種，真的真的非常幸運，我在大學時期剛好也修過兩年日文（不過為了專心應付大魔王的德文課，我的日文課就是道地的營養學分，營養到期末考簽個名字都有六十分那種）。不過不管怎樣，我總算是湊齊四種語言能力證明了！

但我還有一個大魔王：一種古典語言。這我就真的沒轍了。

在歐洲，最常用的古典語言就兩種：拉丁文跟希臘文。這兩種語言奠定了歐洲所有語系的基礎，所以身為一個歷史系研究生，會這兩門語言其實是有必要的。

但尷尬的點是這兩種語言也是讓人想哭地難學，只靠兩個月就想要修課外加考試，根本是不可能的。

怎麼辦？在各種叫天不應的情況下，我們在聚會的時候偶然聊到這個問題，那時剛好有另一個歷史系的學生在場。

他想了想：「我記得台灣的某某教授之前在德國念書時，好像也遇過類似的問題。」

「是喔？那他是怎麼解決的？」

他笑了出來：「他用的方法還滿有創意的喔，你學學看……」

等他講完後，我們所有人都笑了。

但現在已經完全不是說笑的時候。不管多扯、多瞎，現在就是全力一搏的時候！

在「古典語言」那邊的佐證資料上，我附上另一張護照影本。然後在上面填上"klassische Chinesisch"。字面上解釋叫「古典中文」，但在中文世界裡，它有另一個名字——

文言文。

是的！在德文裡，文言文的德文就叫「古典中文」。在漢堡大學的認知裡，這就是一門古典語言！

我萬萬沒想到，最後的最後讓我成功進入德國漢堡大學的關鍵，竟然就是國中高中六年念到煩了又煩哭了又哭的文言文！

一個多月之後，我在信箱中拿出了漢堡大學的回覆。一打開信，進入眼簾的，是我這輩子看過最美的德文字：

Zulassung（粗拉聳，「許可」）。

「親愛的李先生，在此恭喜你成為我們的一分子……」

在那一瞬間我終於鬆了一大口氣，原本僵硬的兩隻腳突然間軟了下來，讓我整個人跌坐在雪地上。

我看著皚皚白雪從天而降，竟然情不自禁，欣喜若狂地大笑了起來，一邊大喊：

我～～上～～了～～～！

我終於，考進，漢堡大學，了！

我躺臥在雪白的雪地上。情不自禁大笑出聲。

我終於成功成為德國的大學生了！從下學期開始，嶄新的一頁就要來了——

3 咦？說好的讀書呢？

朋友說，美國大學是「快樂死去的地方」，
十五週二十份報告，拚到每天只有三、四個小時能睡。
「美國都已經這麼難了，德國大學一定更崩潰吧？」
聽到這裡我整個臉紅。事實上，我的德國大學生活爽到不行。
但是在連續廢了好幾個月後，
我突然發現德國大學的精華不是在課堂，而是在圖書館。

我第一次發現歐洲體系要培養的文學院學生，
不是工業化製成的專業人員，而是真正能夠思考的知識分子。
學校要做的不是上課考試，
而是要保證當你有想要解決的問題時，
大學絕對有資源來達成你的目標。

我展開人生中最自由的一段時期。
當然，人一旦閒了，就會開始作怪了……

期末考？那是什麼？可以吃嗎？

話說我終於進入了德國大學。那麼在德國大學裡念書，是一種怎樣的情況呢？記得回來台灣以後，有次我跟一位後來留學美國的大學同學聚餐。根據他的說法，美國大學有個稱號叫「所有快樂死去的地方」。

他開始跟我們說，他讀的匹茲堡大學生活是怎樣的：十五週內要交二十份報告，換算下來根本不到一週就要生出一篇，週休二日什麼的當然是想都別想，每天基本上只有三到四個小時能睡。

「我到現在還記得，在把全部報告都交出去的那個晚上，我躺在床上，但卻翻來覆去怎麼樣都睡不著。我走下床，花了十五分鐘把要交的報告全部列成一份清單，一個個確認終於做完所有事情之後，才總算睡得著。」

我這才發現美國大學一點都不輕鬆。事實上，美國人是唯一一個會對微波爐大叫「快一點」的民族。講完後他轉向我：「美國都已經這個樣子了，德國大學應該更恐怖吧？」

這一瞬間殺得我措手不及。我支支吾吾回應：「嗯……啊……是啊～～」

在他面前我根本不好意思講，我的德國大學生活基本上是像下面這樣。

首先我要說，每個德國大學的上課情況都是不一樣的！事實上，德國留學生活一點都不輕鬆，絕大多數的系所課業壓力都很重。在這裡我只講我自己的經歷，所以拜託，千萬不要覺得所有人都跟我一樣！

在歷史所一個學年是這樣的：

暑假通常是在七月十五日開始，一直放到十月十五日。

十月十五日開學後很～努力地上課兩個月，一直到十二月二十號開始放所謂的聖誕假期。

聖誕假期比較短，才短短兩個星期，我們就得在一月四號返回學校。再很～努力地上課一個月，一月底二月初的時候，寒假就開始了！

寒假從二月初開始放到四月中，有次我差點放到忘記開學的日子，但四月中開學後上課不到一個月，又有一星期左右的復活節假期。

五月放完復活節假期後，接下來就是一整年最長的連續上課時間，我們很～努力地上課上到七月中，然後——

又・放・暑・假・啦！

算一算，我們一年竟然有大概七個月的時間都在放假！

不過德國大學的期末考試時間通常都排在寒暑假，所以算一算大學的假期其實也不算太長。但是漢堡大學歷史所沒有期末考，所以對我來說，真的就是貨真價實地放了整整七個月的假。

即使是上課期間，漢堡大學的學業也不算難。研究所課程通常分為大教室的一般課（Vorlesung）與小教室的討論課（Seminar），在第一個學期的大教室課程裡，整堂課除了講台前的簽到表，完全沒有提到考試或是報告之類的事情。

那時我還以為是我德文不好的關係，所以在第一堂課結束時，緊張的我就屁顛屁顛跑去問老師：「老師不好意思，我剛剛好像沒聽到期末考的事情。請問是在期中的時候才會宣布嗎？」

老師回答得瀟灑：「喔，這堂課沒有期末考喔～」

我當場愣住：「那要怎麼算過與不過？」

老師更瀟灑了：「你已經過了啊～」

後來經過同學的解釋，我才知道一件驚天動地的事：

在文學院，大教室的一般課竟然是不用期末考的！

我・的・天・啊。

瞬間我在心底開始驚聲尖叫——歷史所的課也未免太涼了吧?!

你可以理解那種感覺嗎？身為一個在東亞考試制度下長大的小孩，感覺好像被壓迫了一輩子後，突然在某天把你身上的所有枷鎖全部卸去，你第一個反應會是驚慌，再來是狂喜。我剛開始當然就是瘋狂打電動、看動畫，但是這種日子才過了幾個星期，我就開始感到無盡的空虛。我躺在床上，開始翻來覆去：

我現在要幹什麼？

我知道德國大學的生活就是「寂寞」與「自由」，但在那時候我深深體會到，所謂的「自由」其實是一把雙面刃，這把武器如果遇到無法自律的人，只會傷害自己；但如果遇到自律的人，就能創造奇蹟！

不行！我要振作起來！

我從床上坐起來。為了自己，你必須去組織生活。你不再是為了家人、老師或是任何人而活，你是為了自己而振作下去。

我終於開始我來德國應該要做的事情：去學校。

我走進漢堡大學圖書館，逛了一圈之後赫然發現：「原來這裡才是德國大學的精華啊!!」

是說人生有比這更愜意的事嗎？陽光煦煦，微風輕拂，紅磚街道上攜來攘往，在咖啡廳點上一份咖啡蛋糕，然後讀著《女巫審判中的孩童案例》……

我後來才發現漢堡大學藏書之深，光是一個歷史系竟然有五間圖書館——上古史圖書館、中古史圖書館、近現代史圖書館、總圖書館，還有一個離校園很遠的一手史料檔案館。我在網路上找到這個奇怪的館藏地，後來去了那個地方，驚覺那裡竟然有一次世界大戰前線士兵寫給家人的信、日記的古早印刷本，翻了一下這些書的藏書年代，許多竟然比我爺爺還老！

我終於理解：原來漢堡大學歷史所的精華根本不在課程。他們的課程很少，是因為身為一位歷史研究者，根本就不存在所謂的「通識課程」。而是每個人都在自己的位置上，研究著只屬於自己的永恆問題。德國大學的目的，並不是希望像工業化一樣培養出具有什麼能力的學生，他們要保證的是，一旦你有想要解開的謎團，他們都有足夠的資源來滿足你的需求。

就算上課，也是以討論為主。

有一堂小教室的研討課程讓我印象非常深刻。就是在一整個學期裡，每一堂都有人上台報告，報告的主題引用各種不同的社會學家、心理學家的分析，探討的就只有一件事：納粹大屠殺是怎麼發生的？

一開始我當然覺得很不適應。我們習慣的上課模式就是很典型的那種：老師在上面教課，學生在下面抄筆記；老師在上面說這邊會考，學生就在下面用力抄筆記。

但是研討課上，大家踴躍發言的狀況把我整個嚇傻。當然剛開始你會覺得同學怎麼都這麼厲害，不管是阿多諾的法蘭克福學派還是津巴多的路西法效應，每個人都可以侃侃而談。但是等你德文夠好真正聽懂後，會發現他們大多數也只是在屁而已。

但是這依舊不影響他們的踴躍發言。事實上，這就是他們想要的：在各種談話中，超過九成的話語可能在下課之後就毫無意義，但是中間卻會引發人不斷去思考和閱讀，可能就在某一句話裡，讓人找到新的研究方向。

和一群有自己想法的人討論，實在是一件很過癮的事情。

我就在漢堡大學過起了我人生中最愉快的一段日子。當然，人一旦閒了，就開始想作怪了……

易北河隧道，和中二到不行的我。

廚藝進步日記（上）

時光飛逝，歲月如梭，好不容易打滾了幾年以後，我終於在德國逐漸站穩腳跟：畢竟歷史研究所的課程並不重，所以在課堂以外，我也常常跑去旁聽心理系及社會系的課程。而在一般生活上，我做菜功力開始飛速成長。

「做菜也沒那麼難嘛。」我心裡想。就因為這樣一份自信，我經歷了留學生活最難忘、最漫長……最噁爛、慘不忍睹、難以下嚥的一次晚餐！

第一年

俗話說萬丈高樓平地起，第一年的飲食當然不會太考究。在那一整年裡，我對食物的定義是「拆封後微波」。

坦白說那段時光不算太糟糕，因為德國人其實也不太會煮飯，所以超市裡面總是販售許多即食產品。大多時候你只要打開包裝、扔進微波爐，比較困難一點就是扔進烤箱，最多再拿到平底鍋裡加水攪拌一下，一道還算可以入口的燉飯就這樣上桌了。

如果是比較奢侈的週末，那就可以買半隻真空包裝的烤雞入菜。我永遠都忘不了德國超市的烤雞，因為雖然說是烤雞，但是拆開包裝後馬上就可以看見裡面的湯汁緩緩流出來。而吃起來的口感，說老實話比較像是被什麼人丟進王水裡面再撈起來的雞，總之吃起來就是一種黏黏糊糊的感覺。

不過對那時的我來說已經不錯了。這時候只要拌點沙拉、炒個雞蛋，再配上兩塊從土耳其商店買來的熱騰騰麵包，就可以悠悠閒閒度過一個週末的下午。

第二年開始，我的廚藝已經進展到真正料理食物的境界了。不過在說我之前，我要先談談我的室友和他的奇怪口味。

我的德國室友是半個素食主義者，他吃的東西基本上是另一個次元的食物。很多時候你看到，只會在心裡想：「原來真的有人在賣這種東西啊？」比方說，芒果生薑醬。有人想像得到這吃起來是什麼味道嗎？又有人能想像這是用在什麼地方的嗎？

另外一個讓我大開眼界的是他每天必喝的一款超天然飲料：Sauerkrautsaft。會德文的人大概已經知道這是什麼了。是的，這是一款天然尚讚的德國酸菜汁。酸菜汁！酸菜汁！酸！菜！汁！你自己想一想，吃完德國豬腳後拿起餐盤旁邊的酸菜，丟進果汁機打成汁，喝起來大概就是那種感覺。

我反正是一次也沒嘗試過就是了。

還有一種讓人很倒胃口的東西，不過不是因為他是素食主義者，很多德國人都喜歡這神奇軟糖。

是這樣的，可愛的小熊軟糖品牌 Haribo 應該是人見人愛的零食。但其實小熊軟糖有各式各樣的口味，至少我認識的所有歐洲人都極度酷愛一種黑色的、螺旋圓盤狀的、從外觀看來就像黑洞一樣、吃起來也像黑洞一樣的暗黑軟糖。

是的，那就是鼎鼎大名的甘草口味，如果要類比的話，大概就有點像我們的八角那種味道一樣。

第一次吃到時我還以為是某種整人糖果，在我摀住嘴巴衝進浴室漱口之後，原本以為德國人的反應會是那種「哈哈整到你了吧」地開心大笑，但沒想到他們竟然非常認真地開始擔心起我來：「真的那麼不能接受嗎？」

那時我才發現，原來德國人是真心喜歡這種口味的軟糖啊！

「為什麼？為什麼？為什麼你們的口味這麼奇怪呢？到底有什麼人會喜歡吃這種東西啊！這看起來就超恐怖的啊!!」

這一天晚上我們家又響起這種崩潰的喊叫聲，只不過喊的不是我，是我室友。
他指著我放在桌上的一盤剛炸好的鹹酥雞。

#你好意思說我的口味很奇怪

廚藝進步日記（下）

第二年

現在想想我根本進步神速，才來到德國第二年，竟然就從草莓麵進化到自己炸鹹酥雞！！

如今還真的很佩服自己那時想吃鹹酥雞的意志力。在台灣如果想要吃鹹酥雞的話，只要穿上拖鞋、到樓下巷口花個一、兩百塊，就可以吃到不要不要的了。但是在德國想吃到一包鹹酥雞基本上就是奢望。首先歐洲那種電熱式的爐子根本就不夠熱，拿來煎香腸或是煮個湯什麼的勉勉強強能用，但是根本炸不了東西。想吃炸的，你得先買一台油炸機。

等我好不容易跟朋友借來一台巨大的油炸機後，還要去超市買一種特殊的油炸專用油，接著再去城市各大角落搞來胡椒鹽、五香粉、蒜頭、醬油、豆乾、百頁、雞胸肉、棒棒腿、杏鮑菇、四季豆、地瓜粉，當然還有最重要的：九層塔。總之想要在德國吃到一包鹹酥雞根本已經不是花不花錢的問題，要是你所在的城市不夠大，你連自己做都做不了。

這次的任務，是要炸一整桶道地口味的台式鹹酥雞去參加漢堡大學漢學系的學生派對。

為了讓德國人了解台灣博大精深（？）的飲食文化，我在前一天就已經把肉類全部用五香粉、醬油、蒜頭醃好，還請朋友從台灣帶來道地的胡椒鹽。但想不到第一批成品出爐之後，立刻遭到室友慘烈的抨擊。我原本自信滿滿的心情瞬間慌到不行，會不會鹹酥雞根本就不符合德國人的口味？

派對上，鹹酥雞的銷量到底會怎樣？

室友對鹹酥雞的評論弄得我心中七上八下的。等到把整桶雞肉抱到烏漆抹黑的派對上，喝醉的德國人探頭看了看：

「嘿～Jerry 帶了巧克力來欸！」

巧克力你個頭啦！

不過我得承認，那一次的確沒有炸得很成功啦。畢竟是第一次試用那台神奇的油炸機，根本不曉得應該設定多大的火候。抱著寧願讓那群德國人吃到太老的肉也不能害他們食物中毒的心態，原本鹹酥雞的大小被我活生生炸成雞米花，吃了一口自己都覺得好像在咬什麼橡皮糖。

再來就是九層塔，我這輩子都不知道這種名叫「泰式羅勒」的九層塔在德國竟然高貴成這樣，只敢在亞超裡抓一小把去結帳。然後等到一切就序，第一波炸雞起鍋前抓起一小把——

唰！

我傻眼了，我朋友也傻眼了。

一大把九層塔瞬間縮到跟香菜差不多大小。原本當我說「鹹酥雞」的時候，浮現在大家腦海中的就是一包普通的鹹酥雞，擁有正常的色澤、正常的尺寸之類的。

但那時候呈現在我們眼前的基本上就是撒上香菜葉的雞米花，不過從台灣帶來的胡椒鹽終於扳回了一城。這瓶小小的東西除了鹽和胡椒之外，還混合了白胡椒、肉桂、眾香子、丁香等香料。不過現在的問題就是：德國人能接受這種道地台式的鹹酥雞嗎？

答案是：德國人愛死了啊！

雖然那坨烏漆抹黑的東西讓他們一開始有點猶豫，但是一把雞肉放到嘴巴裡之後，我瞬間看見他們眼裡綻放出來的光芒。撒上去的胡椒鹽像是什麼魔法藥一樣，讓眼前的德國人一口接著一口根本停不下來。每傳給一個人，裝著鹹酥雞的容器就空了一大塊，後面的人被逼急了，直接拿著紙盤子就伸手下去撈。一時之間我的攤子前人山人海，看著他們狼吞虎嚥的吃相，我心想：乾脆我在德國大學旁邊開鹹酥雞攤算了……

總之那次派對讓我提升不少自信。後來別人又從台灣帶來了滷包，所以又開了加熱滷味的派對，當然最後的結果也是大獲成功。

自製鹹酥雞攤。

當你覺得「做菜也沒那麼難」時，通常代表你要倒大霉了

第三年

蒜苗回鍋肉

豆瓣醬和甜麵醬是回鍋肉的靈魂，兩種醬汁拌炒在肉裡，才會有那種辣辣甜甜的口味。

首先，將整塊五花肉放入熱水中，等待期間依次放入料酒、薑片、蔥，但因為沒有米酒或紹興的關係，所以就拿派對喝剩的白酒。煮到筷子扎下去可以扎透的程度後撈起來，放入預先準備好的冰塊水裡。

青椒、紅椒切塊，青蔥切段。加上豆瓣醬、甜麵醬後大火快炒，放入豆瓣醬的那一瞬間會有點辣眼，所以放下去的時候我都會離炒鍋遠一點。而且隨著香氣開始瀰漫，我通常會把窗戶關起來，因為下面的德國人聞到香味，往往會開始罵髒話。

同時再將切成片的五花肉放下去，加上料酒後繼續拌炒，一直到肉片捲曲、變成金黃色後，起鍋。

滑蛋蟹肉棒

理論上應該是滑蛋蝦仁才對。但那時候我在亞超一看到蝦仁的價錢差點沒嚇暈，所以身為窮苦留學生用點替代品也是可以理解的！

原則上蝦子要先用白胡椒粉、鹽巴、米酒醃過。但是因為用的是蟹肉棒所以鹽巴不用放太多，另外也沒有米酒，所以一樣用白葡萄酒代替。把蛋打散後加入太白粉水、鹽巴和砂糖，因為是滑蛋的關係，油千萬別用太少。

蟹肉棒下鍋，炒到變色後（我這輩子從來沒想過蟹肉棒竟然可以用炒的）加入蛋汁，並撒上蔥花。這時候不要隨便亂翻或亂拌，等到蛋液差不多凝固百分之九十後，起鍋。

蒜頭雞湯

蒜頭雞湯應該算是最忠於原著的一道料理了，因為主要材料只要蒜頭和雞就夠了。有一年冬天，一個留學荷蘭的台灣朋友來漢堡找我，我就在家燉了這鍋雞湯，一喝下去根本驚為天人，所以之後只要遇到需要大展身手的時候，基本上我都會做這道拿手菜。

首先將兩百五十克蒜頭（大概三十到四十顆蒜瓣）分成三等份，把其中一份先拿去爆香，等到鍋子裡的蒜頭被炸得金黃酥脆後撈起來。

油瀝掉後開始燉雞，撈出浮末後就把蒜頭丟進去。

爆香過的蒜頭會帶出蒜精的濃郁香氣，燉煮過後有種粉質感，和沒爆香過的蒜頭混在一起可以提升口味的層次，但缺點就是油．到．爆。所以燉煮完後，最好還是把上面浮的那一層雞油撈掉，否則隔天上廁所的時候，你會感覺好像東西是直接從你腸子裡「滑」出來似地。

雖然那時候的程度仍然不怎麼樣，但是考量到我是從草莓麵的階段開始的，所以那時候還是覺得自己滿不錯的。

「做菜其實也沒那麼難嘛～」我心想。

霸特！人生就是這個霸特！因為感覺自己好像有點強所以就開始作怪了。我的廚房被我活生生搞到像是什麼黑暗料理界一樣，舉凡跟韭菜盒子一樣大的水餃（裡面是豬絞肉和馬鈴薯）、跟餅乾一樣的馬卡龍，我在實驗室……不，廚房裡面越做越開心。終於有一天我的歷史病又犯了，我從大學圖書館裡面興奮地找到一本書——《古代歐洲料理大全》。

《古代歐洲料理大全》是個什麼鬼？

我興沖沖把古代歐洲食譜抱回家，心裡已經在幻想今晚的中世紀大餐。想不到回家一看才發現，靠杯……

我根本弄不出來啊！

現在想想，到底有誰會從大學圖書館把人家的學術論文借出來當成食譜用呢？到底是誰會這麼有創意呢？

反正我還是看了。首先看的是古羅馬的食譜，先跳過前面介紹飲食流變和食材巴拉巴拉的，直接看到食譜時突然眼睛一亮——這道感覺好像可以欸！

Moretum 塗醬。

古羅馬有名的家常塗醬，主要塗在麵包上食用。羅馬詩人味吉爾曾經詠嘆過，為現代青醬的前身。

作法為：將四瓣大蒜頭放在缽裡搗碎，以鹽巴和起士調味後加入芹菜、香菜、芸香、香菜種籽等各色香料，最後加入橄欖油和醋磨至膏狀，塗抹於麵包上後即可食用。

……Pass。

是說，芸香和香菜種籽是個啥子鬼東西？超市買得到嗎？何況就算買得到又做出來後，不就是個青醬嗎？那幹嘛還要買材料呢？直接買罐裝青醬不是更省事？

我搖了搖頭。決定看看還有沒有其他的。

但那時候的我哪知道，這道塗醬基本上就是我唯一可能弄得出來的東西了。

燉鴕鳥。

羅馬宴客菜餚。用麵粉和橄欖油攪拌成麵粉糊，之後加入胡椒、薄荷、烤小茴香、芹菜籽、傑里科紅棗、蜂蜜、醋、魚醬、橄欖油，最後加入五百公克鴕鳥肉。

……天啊也太麻煩了吧？可不可以不要弄加這麼多香料的菜啊？還有魚醬是什麼

東西？可以用越南魚露替代嗎？

魚醬garum。

羅馬常用調味料（就像中華料理的醬油或日本料理的味醂一樣普遍）。作法是使用鯡魚、鳳尾魚、沙丁魚，加上海鹽、薄荷、香芹酚小火燉煮。燉爛即可。

……所以在做燉鴕鳥之前還要先弄出魚醬嗎？Pass。

事情變得越來越難搞。不是食材太難取得——

中世紀家常菜。

煮熟的魚、雞肉、母豬奶頭。剁碎後摻入雞蛋、酒、葡萄乾、橄欖油，最後撒上胡椒粉即可。

我去哪裡生母豬奶頭？Pass。

不然就是太貴——

中世紀養生雞湯。

把鑽石、珍珠、紅寶石、藍寶石等珠寶，放在絲質或亞麻的小袋子裡，加上六十至八十塊小金片，與閹雞一起煮熟。

……Pass！

更狠的還有那種根本不知道那道菜到底是什麼，看了只讓你頓足搥胸呼天搶地質疑自己語言能力的食譜。

特洛伊木馬豬。

外表是一隻烤豬，烤豬裡面包小羊，小羊裡面包鵝，鵝裡包鴨，鴨裡包雞，雞裡包鵪鶉，鵪鶉切開後裡面有四個人，一邊拉著樂器。

……Pass、Pass、Pass！

就在被逼入絕境的那一刻，我終於在古羅馬的平民美食區看見一絲曙光。

麵粉糊。

古羅馬時代平民食物。麵粉加水，加入奶油、起士、火腿和隨意的蔬菜，熬煮成棕色即可。

我看到之後簡直大喜過望。這種現代白醬原型的麵粉糊不但作法簡單，連材料基本上都手到擒來，我開心快樂地從冰箱裡拿出早餐用的火腿、帕瑪森起士，還有一年前做一次蛋餅之後就再也沒碰過的麵粉。

至於蔬菜呢……我再次翻了翻冰箱，卻發現裡面已經不幸空了。怎麼辦？難道就為了蔬菜還要再特別跑一次超市嗎？

……怎麼可能呢？聰明如我當然是找遍整個廚房，想看看有什麼替代品，最後總算被我在櫥櫃深處發現了可能、也許、大概、應該，有用的東西——「俄式洋蔥湯」調理包。

之前我買了兩包，後來實在太難喝，就一直被我堆在廚房深處。

「會負負得正嗎……？」我把調理包裡的粉全都加了進去，最後終於燉出一碗黃褐色、看起來像嬰兒食物——吃下去後又吐出來的東西。聞一聞，則有一股不太讓人食指大動的洋蔥味。

「不管了，開動吧！」我心裡一邊這麼想一邊舀起一坨食物，送進口中那一瞬間

我驚叫：

噢！買！尬！

最慘烈的晚餐（上）

麵粉、水、起士，還有美好的味道。

這些都是製作完美羅馬麵粉糊的必要成分，但是我在調配過程中，不小心加入了……俄式洋蔥湯調味粉！

然後地獄麵粉糊就這樣誕生了！現在讓我來形容一下那東西的味道：

一張開嘴就是即溶洋蔥湯粉的味道，本來就已經是一股奇怪的化學味，但是在濃縮後變得更濃更稠，洋蔥的味道經過喉嚨直上腦門嗆得我半死不說，緊接著嘴巴裡又傳來未攪拌均勻的麵粉味。

但是我從小就超討厭麵粉味der！

麵類或麵包我都可以接受，但像吃麵疙瘩或是其他麵類製品，有時候裡面沒有完全煮透，嘴巴裡就會傳來那種令人不舒服的麵粉味。但如果之前麵疙瘩的麵粉味讓人不舒服指數是三的話，現在這一口麵粉味，根本就是給我破百爆表直上雲霄啊啊！

當你總算習慣了一點這種味道後，又開始傳來起士的味道。

歐洲的起士不像芝司樂會完全溶進湯裡，所以吃起來會變成ㄍㄡˊㄍㄡˊ的一塊一塊。如果要用一種非常不舒適的譬喻法的話，就好像在湯裡面吃到一口痰一樣。

然後這一切再混雜在一種類似嬰兒食品的口感裡……但吃下去的當下你就知道你絕對不是在吃嬰兒食品！沒有人會這麼痛恨嬰兒的！

我趕快把那連嬰兒食品都稱不上、頂多只能說是嬰兒在吃了嬰兒食品後又嘔吐出來的不明物體給吐掉，然後衝到水壺旁邊咕咚咕咚灌了半公升水。

等我重新回到餐桌上，轉頭看了看，還有半鍋這種東西。

嗯，情勢非常嚴峻。

但畢竟我是窮苦的留學生，要我一次把整鍋食物（雖然很難說那是食物）倒掉，還是會有點捨不得。所以我第一個想法是：力挽狂瀾、加工它、讓它變得至少可以吃下去！

任務很艱鉅，但後來，我從一開始的驚恐慢慢回復了一點自信。

姑且不論羅馬人是不是真的都在吃這玩意（我覺得很大機會不是），但我畢竟是兩千年後的人了。在這兩千年內人類的飲食文化和廚藝都有了長足的進步，更何況在我身後還有源遠流長、世界三大菜系之一的中華飲食文化。

我就不相信，憑著這兩千年人類的努力我沒辦法加工這鬼東西然後化險為夷！

一瞬間，有個東西閃過我的腦海。

……大・阪・燒！（等等，說好的中華飲食菜系呢？）

而且你是不是有點瞧不起大阪燒？不是麵糊加料就是大阪燒好嗎？

但事實上的確如此。大阪燒的日文叫做「お好み焼き」，簡單來說就是一種逍遙任我行、配料隨我加的概念，是一款相當隨性的日本國民美食。總之，就在那無助的時刻，我突然想起之前在《料理東西軍》看過的大阪燒，內心頓時燃起一絲微弱的希望！

請記得那個時候我已經徹底慌了。我從冰箱裡忙亂翻出所有可能可以用的食材，還包括在冷凍庫裡冰了超久都捨不得吃的冷凍海鮮（德國是內陸國家，海產很貴），一邊戰戰兢兢祈求著：「都已經把海鮮丟下去了，上天就可憐可憐我讓我逆轉勝吧!!」一邊把這些東西全部扔到平底鍋裡。

大家覺得會成功嗎？

……會成功才有鬼！

我竟然忘記大阪燒之所以會凝固，全都是因為有高麗菜絲在連接，沒有高麗菜絲的麵粉糊拿下去煎，只會變成燒焦的麵粉糊而已。

總之在平底鍋前的我越來越急躁，當下只覺得：為什麼水慢慢變少還傳出一股焦味，但卻一點都沒有凝固的意思？

給我凝固啊啊啊魂淡～～！

但是再不翻面就要燒焦了！於是我心想「算了，死馬當活馬醫吧」，這樣一翻，立刻就變成某種破碎的麵粉糊。一看到那破碎不知所謂的東西，當下我心想：「就當吃麵疙瘩吧……」

麵疙瘩（？）上桌了。

嚴格說來這根本不能稱之為麵疙瘩，而是一團聞起來燒焦、深咖啡色的糊狀物。幾隻花枝、蝦子之類的屍體浮在碗的正中間，看起來反倒有點像是墨西哥灣漏油事件時，被黑色石油悶死的海洋生物。

現在情勢變得越來越艱鉅，我的冰箱漸漸空了，但那一鍋混亂卻越變越大。原本在德國吃東西，如果有剩一點小湯汁或碎末的話，大多數都可以直接扔進馬桶沖掉，如果是骨頭之類乾的東西，那就打包丟到廚餘的垃圾分類區。

但我現在手上這一鍋糊狀物根本不可能丟進馬桶或廚餘，我得自己想辦法解決掉不可。

我吃了一口，實在不知道該摀住眼睛哭泣還是摀住嘴巴止嘔。

洋蔥味越來越濃了，還伴隨著一股燒焦味；麵粉味不見了，取而代之的是廉價海鮮特有的那種令人作嘔的腥味，而且來不及解凍，所以裡面都還是冰的。

我望著湯碗裡那些死不瞑目的透抽、花枝，心想你們死得也太不值了。想起一個星期前，我才用那些海鮮來做法式巧達湯，還自己切大蒜做大蒜麵包。啊，那時候做的東西多好吃啊；啊，多麼美好的時代啊。

夜色漸深，我一個人在自己的廚房內，流下了男兒淚。

最慘烈的晚餐（下）

好的，我們回到災難現場。如今的情況非常嚴峻，理論上的羅馬麵粉糊現在已經完全失去了本來的樣子。我看著這一鍋既沒辦法倒入馬桶沖掉，也沒辦法丟掉的半流體外星物種，馬上又想到了另外一個辦法……

把這鍋東西烤成餅乾！

說真的，我真不曉得那時是哪來的創意。實在是因為已經無計可施，又看到那鍋東西的顏色，不知道為什麼立刻就讓我聯想到那種帶著巧克力小豆豆的巧克力餅乾，那畫面閃過我的眼前，簡直就像一道光線閃過柯南腦袋一樣。

事不宜遲，我立刻轉身開始預熱烤箱，並且在預熱的這段時間拿起鐵盤、在上面鋪上一層錫箔紙，然後在錫箔紙上把麵糊擠成餅乾一樣的大小。好不容易大功告成之後，我看著我不忍卒睹的成品。

一坨坨麵糊上面不是撒著巧克力豆，而是不時插著一隻隻小章魚頭、觸手，或是一隻隻張大眼睛、死不瞑目的蝦頭。

整個場景看起來根本不是想像中那種令人食指大動的餅乾麵糊，感覺就像是從什麼海裡打撈出來的海鮮屍體，身上沾滿了浮油然後痛苦而死一樣。海鮮像在控訴又像在詢問，睜大眼睛看著我，好像在說：為什麼……

看著看著，我也不禁跟著難過了起來：是啊，我也好想問為什麼啊！

但是千金難買早知道，現在早就不是可以回頭的時候了。等到燈號顯示預熱完畢後，我壯士斷腕般把這盤東西塞進烤箱。

大家覺得，會成功嗎？

……會成功的話根本大阪燒的時候就成功了啊啊啊啊！

用煎的成不了型，烤的當然也不會成功啊！我緊盯著烤箱的玻璃光，一邊祈禱會有奇蹟發生，就這樣眼睜睜看著那一團團麵糊水分越來越少，到最後甚至開始沸騰冒泡，原本的章魚腳活生生縮水到變蟑螂腳，還隱隱約約透出一股新鮮的焦味，這時我就知道大事不好，趕快又關掉烤箱把這東西搶救出來。

原本一整鍋的東西現在已經縮水到大概是一碗左右的分量，至於是什麼味道呢？我根本連嚐都沒膽子嚐。

到最後我一定是已經心力交瘁了，因為等到我的室友好不容易下班回來後，看到的就是戰場一樣的廚房、空空如也的冰箱，還有已經預熱完畢的油炸機。

而我正一手湯碗一手湯勺，挖出一勺詭異液體，正打算下去炸炸看。

「你在弄什麼？」他一邊放下書包一邊問我。

我根本已經無力回應，把那碗東西往他面前一擺。他很震驚地看了一下碗裡的內容物，又環顧了一下四周的一片狼籍，然後指了指碗，好像在說：「把廚房弄成這樣，就弄出這個？」

「對啦對啦！」我不耐煩地回應。現在好了，浪費兩個小時、火腿起士、珍貴的海鮮食材，現在竟然要出去另外買土耳其烤肉當晚餐，回來還要想辦法把這碗麻煩的東西處理掉……

我站起身打算把那碗東西拿回來，卻發現室友正用手指挖起一口準備塞進嘴巴。

「不——！」我想阻止他卻來不及，但是就在這時候，奇蹟竟然發生了！

他先是用手指嚐嚐味道。過了不久後又轉身，從他的麵包櫃裡拿出那種德國常見的全麥黑麵包，拿一片黑麵包從碗裡挖了一口，慢慢咀嚼。

「不錯吃欸。」

我目瞪口呆看著我室友。突然間又像柯南一樣靈光一閃：啊！

因為，他的味覺已經奇怪到了詭異的程度了嘛～想起他冰箱裡的酸菜汁、黑軟糖，平常他還會在早餐的麵包塗上一種我完全說不出是什麼的詭異塗醬。那是一種號稱全素的塗醬，我在他慫恿下吃過一次後，就發誓這輩子絕對不再碰這受詛咒的東西。

我瞬間想起來了：這碗東西吃起來的確就有點類似那個塗醬的味道！

「真不錯，你還加了醬油？」

我點點頭。除了醬油，我還加了洋蔥湯粉、胡椒、迷迭香、五香粉、台式胡椒鹽、薄荷等等櫥櫃裡你能想像到的所有東西。

「你要就全部給你吧。」

「咦咦？真的嗎？」我室友問我，我篤定地點點頭。

看著他拿著一袋黑麵包跟那碗麵粉糊消失在房門口，我竟然整個人像洩了氣的皮球一樣完全癱軟在椅子上，原本焦躁到爆的心情立刻消失無蹤，突然間打從心底感謝我有一個這樣的室友。

我把那本食譜捧回房間。看著已經全暗的街頭，一邊走向離我家最近的土耳其烤肉店，一邊竟然快樂到哼起歌來。

有種生活叫文青

從前我還沒去德國時，就一直很看不懂台灣的「文青」現象。在這個現象開始以前，我一直沒去想過自己是不是個文青之類的問題。但是在我的認知裡，既然都叫文藝青年了，至少是個愛看書的青年吧？那如果按照這個定義，身為一個小時候會被我媽唸「不要再看書了，偶而也出去玩吧」的人，我應該也算是「文青」吧？

不過之後發生了某件事情徹底顛覆了我的認知。

是說在我出國前和老妹在街上閒晃，無意間撞見她的朋友，她和她朋友介紹：「這是我哥，是個真的很文藝的文藝青年喔。」

接下來發生的事情讓我震驚到不行：那兩個梳著油頭、戴著圓框的徐志摩眼鏡、揹著帆布托特包、穿著窄版褲的男生，頓時擺出一種既鄙夷又質疑的表情，上下打量完我後，又轉頭向著我妹，指了指我：「他？」

就是那瞬間讓我超級震驚：什麼？我不是文青嗎!?

後來我才發現，不知道從什麼時候開始，「文青」的定義已經變成某種自成一格的外型特徵，就像「軍裝風」是一種時尚風格，但是如果你真的穿著數位迷彩和沙漠靴走在街上，大概也只會被當成某種奇怪的軍武宅。

「文青」也是一樣的概念。那是一種「風」，必要條件是「手作」、「職人」、「古著」和「異國」，讀書基本上是個加分的概念，卻遠遠不是必要條件。

但是當時的我並沒有這樣的覺悟。我不懂的是「文青」到底是怎麼在這個只重數理不重文化的小島上生根發芽的？一個人怎麼能同時討厭文化歷史、又是個文青呢？而在一個文青數量如此龐大的地方，真正從事文化事業的人又是怎麼一個接著一個餓死的呢？

所以大家應該可以理解當我看到歐洲的文青時有多興奮了——因為身為一個讀歷史系的學生，他們喜好歷史的程度簡直讓我驚豔。大城小鎮裡都有的老城區已經不稀奇了，歷史根本是穿插在人的家中、在人的書包裡，甚至是在人的腦袋裡。

有次我去拜訪了一個道地文青朋友的家，徹底為他們的生活方式瘋狂。

朋友住在漢堡市的 Sternschanze 區，就位於漢堡大學旁邊。二次大戰時英軍發動蛾摩拉行動，兩千三百噸的白磷彈、高爆彈、燒夷彈把整個漢堡炸得平平的，唯獨這一區躲過一劫，因此很大部分還保留了戰前的古老樣式，一直到現代，就成為了一個很有名的文青區。就是這一區裡的其中一間房間，才一走進去，我的下巴就快掉了下來……

古舊挑高的房間，讓我驚嘆著裡面的溫馨舒適。整個空間灑滿昏黃的柔和燈光，踩起來會咿咿作響的木質地板上，擺立著幾幅及腰的極簡風格畫作。除了昏黃的燈光外，旁邊用俗稱「夢幻燈」的聖誕燈妝點整個空間。

和台式文青一樣，「復古」也是德式文青很重要的一個條件。只不過，還是和台灣有一點點的不同……

朋友在房間的落地窗前擺著書桌，據他說是一九二〇年代留下的

身為一個台灣人，來到這裡竟然也會開始在家擺些花花草草之類的了。

古董桌，上面放著幾本全都是花體字的牛皮古裝書，旁邊的沙發是有古老風格的天鵝絨扶手椅，椅子旁邊竟然是真空管的收音機。

……而且收音機竟然還能用！

「這是你的書包嗎？」我眼睛一亮，死死盯著他的真皮製書包：「天啊好好看啊，你在哪裡買的？」

他看了一眼：「不知道欸，好像是我爺爺小時候在二次大戰時用的～～」

……將近八十歲的背包啊啊！

那一瞬間我才發現所謂的 made in Germany 品質有多驃悍，更驚人的是我手上的杯子，竟然還是德意志第二帝國生產的！

大家知道那是什麼時候嗎？

第二帝國開始於一八七〇年，終結於一次大戰結束的一九一八年。換言之，這只杯子有可能是慈禧那個時代做出來的。

……而我現在正拿它來喝茶啊啊啊！

好的。我們首先來看一看，在西方，「文青」到底是怎麼出現的？

Hipster（文青），直接翻譯叫「不從主流的青年」。這個詞出現的時間遠比想像中來得早，早在一九四〇年代就已經出現了。在歐洲希特勒崛起、戰雲密布的當下，一群爵士樂或是當時流行的「咆勃爵士樂」（Bebop）的喜好者，在喜好這些音樂的同時，開始模仿爵士樂手自成一格的生活方式，範圍包括衣著、使用俚語、輕鬆放蕩的生活態度、自嘲、自願型貧窮和性自主。

然而這種模仿剛開始僅限於私領域的生活風格，在一九四〇年代時，這群人尚未發展成群體，也未對當時的黑暗局勢發出不平之鳴。他們對公領域沒有什麼特定立場，聚集在一起頂多只是想在亂世之中找到一點自身的小小慰藉，看起來與現在的「小確幸」的確是滿相似的。

到了一九六〇年代，文青開始涉足政治或社會改革。戰後嬰兒潮的歐美青年當時已經長大，開始了轟轟烈烈的嬉皮運動、黑人民權運動、性別平權、解放第三世界運動，強烈衝擊了傳統的社會價值。他們勇於對時局提出質疑與批判，並且具有強烈的社會使命感。「文藝青年」從那時開始與公共議題結合。

就因為文青的叛逆傳統，他們也成了接受異國文化的大宗分子。就像許多台灣文青喜歡歐洲一樣，歐洲的文青也對亞洲風格的東西情有獨鍾：瑜珈、冥想、禪風，越來越多這類東西佔據了年輕人的生活。

每次和他們聊天時，就覺得他們彷彿已經看到了古老而神秘的亞洲。海灘上的棕櫚樹隨風搖曳、遠方寺廟的鐘聲絲絲縷縷，人們的黑色眼珠向海平面凝視，彷彿看見了夜空之外、更加深邃的東西……

當時的我，好像在遙遠的歐洲終於找到了適合我的一個小小角落。古舊、異國，一切的一切不都是為了學歷史的我打造的嗎？

我興奮地打電話給在台灣的閃光。「你說你要幹什麼？」閃光的聲音從話筒另一端傳來。

「打太極！我的文青朋友都好喜歡亞洲啊！我要告訴他們什麼才是道地的亞洲風，我去買了唐裝、佛珠，還在 youtube 上找到陳氏太極二十四式……」

「等等……你是不是對文青有什麼誤會？這跟唐裝、佛珠和太極拳是有個毛線關係喔？」

我越說越興奮：「在台灣可能沒什麼關係。但是在德國，卻很有關係！妳都不知道他們多愛東方風～～妳也知道在台灣想當個文青有多難，到底是誰有那種閒錢買那種貴桑桑的衣服眼鏡……但現在在德國，他們喜歡歷史又喜歡亞洲，這不就是完全為了我量身打造的嗎？我終於有機會成為文青潮潮了啊～～」

「靠著唐裝、佛珠和太極拳嗎？」

「……結合歷史和東方風啊。」

「雖然我覺得你可能誤會德國文青什麼了……啊算了，你開心就好，反正我又看不到。」

掛斷了電話，我沒有被女友的一盆冷水擊倒，反而充滿了高昂旺盛的鬥志。

在台灣，如果想要當一個一般意義上的文青（就是假文青），多半必須服膺資本主義。文創產業、大企業決定了文青的必要條件與潮流，想要成為其中一員，你就必須永遠跟隨其後，文創成為獨屬某一階級的奢侈品，代價除了失去靈魂，就是大多數人都消費不起的高昂費用。

你當然也可以成為真正意義上的文青。但我不知道為什麼，可能源於知識分子就要安貧樂道的傳統觀念，成為真文青的代價往往是生活美學的死去。它保留了靈魂，但又隨即陷入種種柴米油鹽醬醋茶的困境裡。

但是，不應該是這樣的。

德式文青的生活不僅僅是一種讓人「想過」的生活，更重要的是，它是一種讓人「過得起」的生活。古物、花卉，生活的美學轉變為對文化與生態的敬意，而這些敬意又助長了美學。當然這些東西也需要投入資金與時間，但比起真正名牌的奢侈品，一點都不算貴。我下定了決心——

我也要成為文青～～！

（真）文青的一天

好啦，我得承認，在一開始，我跟文青生活的確有段不錯的蜜月時光，那個時候我在他們身上的確學到「頹廢與美並行不悖」的法則。很久很久以後當我回顧那段生活，還是會懷念當時的閒適與愜意。在我美的體驗並不多的人生裡，它的確佔據一個重要位置。

星期日。

早上一如往常地做培根煎蛋。熱好平底鍋後轉小火，將蛋打進鍋中的一瞬間，微微響起吱吱作響的聲音。等待一面煎到快熟後轉大火，接著迅速翻面，凝固後即可起鍋。之所以這樣做，是因為這樣做出來的荷包蛋可以有兩種口感，外面吃起來有一點彈牙，但裡面卻依然是滑嫩的。

培根很容易煎焦，所以火不能開太大，上次好像在電視上看過，把煎好的培根這樣疊一疊捲起來，就會變成……

照片上就是成品了。嗯。

想不到我還滿會的（呵）。

公車搖搖擺擺地走在往市區的路上。幾個年輕人聽著耳機，一邊點頭看著窗外的風景。

忽然間公車停了下來，等著一個老人顫顫巍巍走上車，一邊推著輪椅，上面坐著一位看起來比他還虛弱的老奶奶。只見她插著鼻管、皺著眉頭、閉著眼睛，似乎很不舒服的樣子。

公車重新開動了，老爺爺顫抖著彎下腰（身旁的年輕人已經半站起來準備過去攙扶），艱難地將老奶奶輪椅踏板旁的剎車按下。

身為一個文青，把培根弄得像玫瑰花一樣也是很合理的。

手忙腳亂弄完了一切後，老爺爺重新準備站起來，但就在站直以前他做了一個動作。就是這樣一個動作，讓我至今都無法忘懷：他摸著老奶奶的頭髮……

俯身，輕輕在奶奶的額頭上啄了一下。

漢堡市中心像個死城，整條街上沒半個人影，我走進紅磚倉庫城裡的咖啡廳。

「倉庫城」（Speicherstadt）是十九世紀漢堡港口區專門儲藏貨物的地方，如今已經變成全世界規模最大的古蹟建築群。因為這裡，漢堡一躍成為世界第七適合觀光的城市。我點了咖啡坐在靠窗的位置，開始回想第一次走進這間咖啡廳的情景。

那時候，初來乍到的我還沒見識過北德天氣的陰晴不定，三分鐘從大太陽變成傾盆大雨。我在紅磚鋪成的街道拔腿狂奔，在看到這間咖啡廳轉進來時，剛好雨就停了。

好像有什麼力量就是想把我帶進這裡似地。

陽光從咖啡廳的落地窗外灑了進來，外面是一望無際的紅磚建築和運河。一對情侶在窗邊對望著，後面幾個人安安靜靜在看書。從此以後這裡就變成我的愛店，閒暇無事的星期天下午，我就在這裡看著眼前的紅磚、陽光……

和偶而經過的遊船才會打破的，凝固時光。

我一直覺得，就是在這種百無聊賴的時候，我們才看得見自己。

當一個人不再可以隨便用購物、電視、餐廳、手遊、網路社群來堆滿自己的生活後，就會開始去留意真正適合自己的事情。歐洲為數不多的好處就是，只要你不違法，做什麼事情根本沒人管你。回家的路上，我在河堤旁邊看見一個人正讀著一本德文詩集。

如果在台灣做這件事保證被嫌假掰，但是在這卻自然得好像呼吸一樣。走過去的一剎那，我看見他正好翻到"Mondnacht"這一首。

「月夜」的意思。回家後，我終於把整首詩查了出來：

Es war, als hätt der Himmel（好似蒼穹）
Die Erde geküsst,（低吻著大地，）
Dass sie Blütenschimmer（又好似大地在花卉叢中）
Von ihm nun träumen müsst.（與天空夢幻幽會。）

Die Luft ging durch die Felder,（微風輕拂原野，）
Die Ähren wogten sacht.（掀起一片輕輕的麥浪。）

Es rauschtn leis die Wälder,（樹林低聲悄語，）
So sternklar war die Nacht.（夜空星光明亮。）

Und meine Seele spannte（思想張開了）
Weit ihre Flüge aus,（飛翔的翅膀，）
Flog durch die stillen Launde,（越過寂靜的田野，）
Als flöge nach Haus.（猶如飛回自己的故鄉。）

#今天走假掰文青風
#偶而這樣一下也不錯
#所有照片都是我自己拍的絕無網路上抓的

倉庫城裡的咖啡廳，下面就是運河。

有種想像叫文青

說到文青，首先當然要從住的地方開始著手。我當然也想在文青區裡租房子、過著美麗優雅的生活，但是一看到那房租，我發現與其叫我在那裡租房子，不如叫我去吃屎！

漢堡最有名的文青區有兩個，其中一個就是我前面提過的 Sternschanze 區。Sternschanze 沒有正式的中文翻譯，直譯的話大概是「星辰壕」的意思。這個區域不但鄰近市中心，而且在二次大戰中沒有被盟軍摧毀，相當大程度保留了戰前的古老建築，因此大受文青還有文化人士的喜愛。

每到星期六就可以看見塗著塗鴉的古老街道上，二手商店和文創商店百家爭鳴，天氣好的時候，甚至會有許多咖啡廳將座位擺到戶外，人們一邊在室外享受陽光與冰淇淋，一邊看著店內的咖啡機蒸氣氤氳，香味撲鼻；遠方街頭藝人的手風琴聲，絲絲縷縷……

不過就和大部分文青一樣，文青通常根本住不起文青區。

所以在星期假日偶而晃過去，在獨立經營的咖啡廳裡做一下午無憂的美夢後，大多數人還是只能回到城市外圍的房子裡。

像我就住在易北河南邊一個小島叫威翰斯堡區（Wilhelmsburg）的地方，憑良心講，這裡的天然資源其實算是相當不錯，島上風景宜人，圍繞在住家旁的就是廣闊的河堤，島上大部分都屬於紅磚建築。地理位置也算可以，不管是往城中的漢堡大學或南邊的漢堡工業大學，都剛好是搭乘電車兩站的距離，而且房價超．便．宜。

明明離市中心不遠，但是房租卻硬是比其他地方便宜四、五千塊台幣。為什麼會這麼便宜呢？

因為．那裡．就是個．貧民窟啊～

我還記得當我剛去找房子的時候馬上就崩潰大喊：我的天啊啊啊！

那裡真的是超殘破的！下面的公車轉運站人山人海，但是每個人好像根本就進入了無人之境，一走到車站就開始掏出香菸，旁若無人地自顧自抽了起來。旁邊斑駁的紅磚建築好像是停車場，在越來越黑的暮色下顯得異常陰森。

停車場前一對熱戀中的情侶在那裡啃來啃去，腳邊全是菸蒂、口香糖和碎玻璃瓶，空氣間瀰漫著一股詭異的氣息，我心裡還在想這到底是什麼情況時，答案馬上就揭曉了：有人走到角落，直接就對著牆壁開始放尿……

這時候，當然就是要用想像力扭轉乾坤啦！

人的想像力會讓原本不可忍受的生活在一瞬間被賦予一種落魄的美，人的靈魂也會因此得救。米蘭・昆德拉評論《安娜・卡列尼那》時這樣說道：

> 人的生活就像作曲。各人為美感所導引，把一件件偶發事件轉換為音樂動機，然後，這個動機在個人生活的樂曲中取得一個永恆的位置。安娜可以選擇另一種方式自殺，但死和火車站的動機，與愛的誕生有著不可忘懷的聯繫，並且在她絕望的時刻以黑色的美誘惑著她。人們沒有認識到這一點，即使在最痛苦的時候，各人總是根據美的法則來編織生活。

所以我先是開始想像，然後就真的變成一名十九世紀的落魄知識分子，拎著一只皮箱，就這樣來到了漢堡邊境的寧靜小島上。

遠方的地平線上砲火隆隆，以巴黎為圓心爆發的一八四八全歐大革命已經開始蔓延到這裡。所有人被困在岸邊，絕望焦急地盼著永不到來的駁船。

跟台中ＢＲＴ大概師出同門的三節公車裡每個人擠到快騰空。在我面前大概二十公分，一對情侶持續忘我地互相啃著，後來根據我的計算，在我下車前的八分三十二秒裡，他們總共親了五十七次。

啾、啾、啾、啾……

不行，我要用想像力戰勝這一切！我又開始想像：我在森林裡、我在森林裡……微風徐徐的溫帶落葉林，也許是橡樹或是山毛櫸。柔和溫暖的陽光穿透高大林木，絲絲縷縷落在林間的小徑。

如果是春天，小小的林中空地上開滿了蒲公英，白色絨球高高低低鋪在草地上，像漫地不滅的泡沫；如果是秋天，山毛櫸或楓葉變黃、變紅，接著緩緩降落地面，漫天樹葉以極為緩慢的速度落下，好似凝固了時間。我死死盯著其中一片樹葉——它好像不甘心就此終結，不斷被風捲起，落不了地。

而耳畔不斷響起的則是啁啾的鳥語：

啾、啾……

總算走回家，紅磚外牆看起來一整個斑駁，裡面的燈光也是以昏黃色調為主。

根據房東的說法，因為威翰斯堡島上是漢堡的重工業區，所以在二次大戰時整個被炸到翻，這些住宅就是戰後最窮困的時候蓋起來的。而住在這一區的也是整個漢堡階層最低的人。我看到兩個小屁孩坐在天橋上，手裡拿著兩瓶玻璃瓶啤酒。

兩個人看起來好像已經喝醉了，根本不管現在正是尖峰時刻，下面的車子來來往往，還有放學的人正在馬路上緩緩走著。

一個看起來很ㄎㄨㄞˋ的胖子突然大罵了一聲幹，用力把玻璃瓶往下砸過去。

「叭——！」下面突然一陣大亂，好像還有些人罵髒話。

兩個小屁孩大笑了起來。

我閉上眼睛，讓自己繼續掉進想像的漩渦裡。

共產主義、無政府主義、浪漫主義、達爾文主義，每個族群都無比喧囂的十九世紀，在這樣一個時代裡，所有在日後被人永恆紀念的璀璨成就與輝煌，那時都還被困在如同爛泥一般的生活中。

愛倫坡以一個月五美元的薪水進了陸軍；波特萊爾破產還患了失語症，一代法國文豪唯一會說的話是：「不要！」托爾斯泰放棄了財產，從自己的莊園中秘密離家出走，最後患了肺炎，這位被杜斯妥也夫斯基稱為「空前絕後的藝術大師」的文學家，就這樣身無分文地死在阿斯塔波沃車站的站長室裡。

我就像《低俗咖啡館》裡流連於康康舞女王拉．古留腳下的失意墨客。

在日復一日的生活裡，等著酒精與革命來將一切全部結束。

有種瘋狂叫文青

住的地方解決後，接下來就是生活用品了！

根據文青法則，用的東西當然也要越舊越好。但是我們跟德國文青最不同的地方是，人家的古董搞不好是從自己老家搬來的。像我朋友的帝國茶具組，就是人家姑姑家裡送他的。

但是身為外國人，我們當然沒有這種優勢啦。所以在這種情況下，還是只能去人家的古物市場，用最資本主義的方式去買到想要的古早用品。

但是一走進主火車站旁邊的地下古物商店街，我和朋友就都感覺到不對勁了。

「欸，你確定我們走對地方嗎……？」

我回頭看看朋友：「哪裡不對了嗎？這是古物商店沒錯啊。」

「是沒錯，但你不覺得……感覺有點太高級了嗎？」

我環顧了一下四周，發現朋友說的的確沒錯。

波希米亞的水晶玻璃、品質精良的橡木桌、十七世紀的銀製菸盒……當你走在其中，其實感覺比較像是在逛故宮博物院，但差別在於只要付夠錢，就可以把這些東西帶回家。

問題就在：那個「付夠錢」的數字實在是……太驚人了啊！

我們走到了一間家具行。裡面的桌椅古色古香，但即使沒看價格大概也知道，眼前的家具絕對不是我們付得起的。千挑萬選下，我們挑了裡面看起來最輕便的一把銀製手柄的手拿鏡問老闆：「老闆請問這多少錢？」

老闆從古書堆中抬起頭，淡定得差點讓我們吐血。

「五百。」

「……歐元？」這一把鏡子要兩萬多塊台幣?!

老闆沒回答，而是說：「這是畢德麥雅時期（Biedermeier）的。」

我朋友轉頭問我：「那是多久了？」

「一八三〇年左右。」

「所以今年減掉一八三〇年，大概是……」

我們倆同時算出答案：我們竟然拿著一把一百八十多歲的鏡子啊！

「放下，快放下！還有不要讓鏡子照到臉！」我大喊。

「為什麼？」

「年紀太大的鏡子會附上前任所有主人的負面情緒，只要照到新人的臉孔，就會把這些負面粒子附著在新人的臉上，弄不好會死的！」

「是喔？」他看了看鏡子，然後把鏡面朝向我。

「啊啊啊啊啊！」我驚恐地大喊了起來，好像被什麼照妖鏡照到要現形似地。

後來我們才知道，原來歐洲的跳蚤市場主要分成兩大類。第一類就是給真正專業賣家的精品市場，另一類才是給普通人拍賣多餘家具的暢貨中心。我們先前完全沒概念，後來到了普通跳蚤市場後，才知道原來也有價格親民的古物市集。

接著過了兩個月我朋友才有時間再來逛跳蚤市場，那時候我就已經可以跟他一一介紹：

「……像之前我們誤闖的那條地下街，一般都是專門行家去的。通常都各有各的專精：老家具、黑膠唱片、殖民風格餐具、高品質舊衣、老電影海報……

這種攤販賣的東西同質性高、保存狀態好，但價格下不去也很難殺價。如果你是某方面的玩家要找稀缺的貨品，那最好是去這種地方。

另外像這種就是車庫拍賣。大部分是年輕的夫婦、學生想清除家裡多餘物資，雖然也有以跳蚤市場維生的專業攤販，但是價格和檔次都比較低一點。

這種大甩賣的東西品項雜，品質好不好也要看運氣。如果是在這種地方買衣服，你根本連試穿都不用，直接看自己跟攤販的體型像不像就行了。

至於來的時間要看你的需求，早上有好貨，但在下午要收攤時才比較好殺價。像我買的那種皮書包其實一直都滿多的，最好就下午兩、三點來……」

那時我眼明手快，轉瞬間就鎖定了一個頭層牛皮的背包，唯一的問題是沒有背帶，但是轉念一想：只要去修理皮件的店再配一條就好了，問題不大。

不過這就給了我殺價的空間。我看了看原價：六十五歐……

我一砍就是一半以下：「三十。」

「五十五。」

「四十。」

「五十。」

「成交！」

朋友看了看我：「……這兩個月你到底來了幾次？」

我嘆了一口氣，和他說：「皮書包好找，但是我還有一個最終的夢想沒有看到。這個東西我從國中就開始找了，也許哪天我能在歐洲的跳蚤市場上看到吧。」

「什麼東西啊？」

「一個杯子。」

「一個杯子？」

我點點頭：「是啊，一個很難找的杯子。」

總之後面再來詳細介紹吧。隨著日夜遷移，我開始越來越往「文青」的方向前進：我家餐桌上的肉類越來越少，冰箱裡也開始漸漸多了「有機」之類的標誌，好像一切都在往更好的方向走去，但是事情卻不是我想的那麼簡單……

幾個月之後，我根本是連滾帶爬地「逃」出這樣的文青生活。

在跳蚤市場買的土耳其銅壺。

有種災難叫文青

追求你的夢想，但不要讓它操縱你。
因為當你太執著於某件事情的時候，
再怎樣美好的東西都會成為牢籠。

——海獅

雖然在檯面上，我都會到處跟人家炫耀我在跳蚤市場淘到的文青書包。那是一個頭層牛皮的二戰書包，用了七十多年還沒有壞掉的跡象。每次我都和別人說：你看，以前的東西品質就是好啊，我看我這輩子都不用再去買包包了。你看過《電燈泡的陰謀》這部影片嗎？一個一百年前的電燈泡可以連續亮一個世紀，人類的科技早就已經達到這種程度了，但是現代萬惡的資本主義會故意縮短東西的壽命，目的就是為了讓人們持續去買東西⋯⋯

但是檯面下，如果我們夠熟、私底下你問我的話，我會當場哭給你看：「不，這一點也不好用，難用死了⋯⋯」

怎麼了？是東西不夠好嗎？

不不不，東西品質是完美無缺的。早年的德國人流傳著這樣一段話：德國製的包包，一輩子只需要兩個就夠了。一個是讓你從小學一路揹到大學畢業，另外一個就是從你上工一直揹到你退休。

當我在大學上德文課時，就聽見老師緩緩拿起他手上那個公事包：「這是我畢業前在德國買的，已經用了十幾年了……」

我記得，那時候的我眼睛整個都發亮了。可能是因為小時候背包曾經在人來人往的捷運裡爆掉過，我非常執著於「用不壞」這件事。所以當我剛入手那個已經用了七十年的背包時的確是很雀躍的，還開開心心去配了條厚度一模一樣的側肩背帶。

「三十歐元。」

一條背帶就要半個書包的價錢？不過算了，畢竟背帶還是得用新的，這樣才用得久嘛。

一個月後修理店打來，正當我快快樂樂、終於拿到我的夢想包時，事情就這樣發生了。

我很興奮地在裡面一一放進了筆記型電腦、資料夾、幾本書和保溫瓶。

其實東西也不算很多，但一走出門我就注意到事情彷彿有些不對勁：在街上走了兩步以後，我突然發現自己好像離旁邊的牆壁越來越近。

我立刻站遠了點，想說我是頭暈了嗎？沒想到再走兩步以後，竟然又往牆壁的方向歪過去。

發生了什麼事？

正當納悶時，我看到了落地窗中自己的倒影，終於發現了原因——

我根本整個人都歪了一邊啊！

現在想想那真的是我人生中最漫長的一次通勤，到最後我根本就是把書包抱在懷裡走的。畢竟包包的內容物就已經不輕了（尤其是我那台老筆電），再加上書包本身的重量，回來一秤總重竟然高達七公斤！

我整個人都暈了。心想：書包壞不壞放一邊，再繼續這樣揹下去，壞掉的大概就是我了。

不過才用了第一次，總不可能立刻就丟掉或賣掉吧？不得已，我只好想盡辦法減少裡面的東西。記得有次出門等電車時，車門一打開我第一個看見的，就是一個音樂學院的台灣學妹。

「喲，學妹妳早啊。」

「嗨學長……喔天啊你這書包超好看的欸！」

學妹眼睛都亮了，我整個人開始輕飄飄。「不愧是音樂學院，眼光真好。」我也很得意地說。

「這書包真的很好看欸。跟你的風格很搭，有那種文藝氣息……」學妹突然抬頭問我：「學長，能不能讓我看看裡面長什麼樣子啊？」

「嗄？這、這就有點……」

「沒關係啦看一下下就好……咦？」

先澄清，平常我也不會帶那麼少東西出門。只是剛好那天在大學裡就只有一堂課，我只要在教室裡吹冷氣抄筆記就好了。

但我根本來不及跟學妹解釋，在這個碩大的書包裡，她總共只找出兩張白紙和一支筆。

她整個傻眼，難堪的沉默伴隨著電車的隆隆聲一直持續著。不曉得過了多久，學妹總算打破了沉默：「……你平常書包裡就裝這些啊？」

「因、因為裝太多實在很重……」

學妹看了看我，突然間做出一個讓我超想鑽進地洞的動作──噗。

是的，她「噗」地笑了一聲。

就是在這一瞬間，我決定幫這書包配雙肩背帶。

原來這種書包是側揹雙揹兩用的。但我一開始其實有點抗拒雙肩，因為看起來實在有點像小學生，不過就在實際側揹後，我發現大概不出兩天我就要犯肩周炎，而斜揹又把我的胸腔勒到快窒息，所以我還是很認命地拿去修理店了。

修理店的老闆看到我：「你不是上個星期才剛過來嗎？」

「是，這次我想配個雙肩背帶……」

老闆看了看，最後和我說：「雙肩要配兩條背帶，一共是五十歐元喔，這樣可以嗎？」

我內心簡直是在淌血。到目前為止我這背包的總價已經上看一百三十歐元，折合當時的台幣大概是五千兩百元，都可以買到一個不錯的全新包包了。

但我能說什麼呢？只好含淚點點頭：「嗯，可以……」

換上雙肩背帶後的確是好多了，雖然有時候在路上走一走，還是會突然往後倒一下。最後我想了想為什麼我會這麼執著於這個書包，說來說去，果然還是因為它「用不壞」。

但這樣的執著，真的是一件好事嗎？

如果我像這樣每天只揹幾張紙上學，那揹一個普通包包不也照樣壞不了嗎？

更何況我太過於執著「用不壞」這件事，所以也買了「用不壞」的鋁製文件夾。結果兩個用不壞的東西天天在那裡耳鬢廝磨，換算下來除了把我累死，使用壽命不也和用爛包＋爛文件夾的結果是一樣的嗎？

最後我終於把它賣掉了。算一算，六十五歐應該是合理的價格吧？

德國人仔細檢查了一下，接著說：「三十。」

我淚眼汪汪，繼續開始了殺價的遊戲：

「五十五……」

有人說，德國人一生只需要兩個包包就夠了：一個從小學用到大學畢業，另一個從第一天工作用到退休。

有種狂熱叫文青

說到執著，就不得不提到另外一個東西。我先前在跳蚤市場的時候提過，早在國中時代，我就已經開始尋尋覓覓這個東西了——一個特殊的「杯子」。

故事是這樣開始的……

我在國中的時候，看了那部有名的電影《獵殺紅色十月》。雖然詳細內容在講什麼已經記不清楚，但唯一記得的就是當時年紀小小的我，整個被史恩．康納萊扮演的蘇聯潛艇艦長給迷得神魂顛倒。

那個髮型、那個吃相、那個軍裝！整個人就是一種帥到不行的氣場。其中有一個橋段是史恩．康納萊寄了一封信給他的蘇聯高官叔叔，說自己準備叛逃到美國，當時他的叔叔一邊讀著信，一邊拿起那只水晶杯，正準備要喝的時候手卻停住了。

然後鏡頭就跟著那只水晶杯緩緩下移，整幕沒有任何背景音樂，卻營造出一種山雨欲來的情境。水晶杯被放回了桌上，但是卻因為一個手抖，整杯茶被打翻在桌上。

那時候的我看著那個杯子，竟然深深被它給迷住了！

接著我就找這種茶杯找了整整十五年。不過當時我連這種茶杯叫什麼名字都不知道，在google還不盛行的年代，不難想像想要找一只帝俄時代的茶杯有多困難。

後來我幾乎忘記了這件事情。不過當我開始過起古物尋寶的生活以後，又想起童年這個汲汲營營的杯子了。一切，都發生在二月的某個冬天夜晚……

那天是個週末狂熱夜，我所有朋友都在派對引吭高歌，但不知道為什麼我那時總覺得提不起什麼興致，所以就提早離開了。

我一個人在空無一人的漢堡街頭閒晃，拿出手機看了看時間：凌晨兩點三十分。

「啊～～好無聊。」

怎麼辦，該回派對嗎？還是回家呢？兩個選項我都搖了搖頭：「算了，就散步一下吧。」

這個時候我身處的地點是Neuer Wall街，正好是整座城市最高貴的精品購物街。整個街道即使在晚上也不會把櫥窗的燈光關上，所以整條街上燈火通明，但是卻安安靜靜。

除了遠方一、兩個身影以外，街上根本空無一人。這些人大概跟我一樣是來「櫥窗購物」的，就是那種白天消費不起，甚至完全不敢接近店面的人，到了晚上就趁著滿天星斗，盯著櫥窗來做一下有錢人美夢。

我看著櫥窗，感受著資本主義的力量，一件洋裝要價一千四百歐元（約五萬六千塊台幣）、一個皮包五千歐元（約二十萬台幣），而這件大衣……兩萬歐元（八十萬台幣）！

我到現在都還記得自己第一次看著那些數字像台幣、但幣值其實是歐元的天價包包和衣服時，只是一直盯著那個價碼牌，然後不斷確認後面到底有幾個零。

冷汗從你額頭上緩緩流下，你看看吊牌、又看看衣服，然後又看看吊牌、又看看衣服……接著，你會問自己一個你這輩子可能永遠無法回答的問題：

為．什．麼……？

為什麼天底下竟然有這種價錢的衣服？那一瞬間，你會覺得自己好像無意間窺見了上流社會的生活殘片。想不到就在一個小小的櫥窗裡，看起來薄薄的一層玻璃，竟然橫跨了市井小民與所謂富裕階層之間存在的巨大差異。走在那裡你會有一種很不真實的感覺，尤其是當你離開了那條街，看到「稍微」平民一點的百貨櫥窗，發現隔了一條街商品價格竟然活生生少了一個零，頓時覺得這價錢實在很親民。但是換算下來，一件洋裝仍然要價好幾萬台幣，仍然是我們望洋興嘆的數字。

如今我已經習慣這裡的天文數字。我開始玩起一個自創的遊戲：猜價格。

我在猜出價格之後看了看標價，然後擺出一個 yes 的姿勢。

萬歲！我猜價格真是越來越準了啊哈哈哈！

……然後轉瞬間想到，我竟然是因為猜出別人衣服的價格而感到成就感，頓時又覺得悲哀。

「回家睡覺吧。」我心想，一邊走過一間古董銀器專賣店。

……咦？我好像看見了什麼？

我的眼睛慢慢睜大，我的思緒漸漸清晰，立刻衝回剛剛的櫥窗，趴在上面死死盯著。

沒錯……

那就是我從國中開始就夢寐以求的銀製把手水晶玻璃杯！

靜謐的一月寒冬裡，緩緩落下的白雪一視同仁，覆蓋了城市一切的貧困與富裕。零下的氣溫裡，我死死巴著一間古董店的櫥窗，看起來好像癡癡盯著窗內一家人幸福晚餐模樣的賣火柴小女孩。

……不會有錯的。

那就是，我夢寐以求的夢幻杯子！

從國中開始尋找了十五個年頭的東西！如今它就近在咫尺地在我面前，跟我只隔著一扇薄薄的玻璃櫥窗。厚實的水晶玻璃在聚光燈下，想必不是波希米亞的森林玻璃，就是法國的音樂玻璃吧；杯身上彩虹的折射光芒彷彿映照出帝國過往的輝煌，我甚至依稀可以透過玻璃杯看到已然沒落的貴族身影；純銀把手想必也經過極為精心的照料，精緻的雕刻至今仍然閃閃發光……

不過更閃閃發光的是它的價格，我看到以後心立刻死了一半以上。

一個小小的杯子竟然抵得上我一個半月的房租啊啊啊！

可惡啊我看現在到底有誰還敢瞧不起歷史系！除了歷史以外，世界上哪裡還找得到一口氣賣到台灣人一個月起薪的杯子？哼現在看到歷史的價值了吧？有歷史的東西，比讀歷史的人還要值錢啊！

……可惡，我覺得好哀傷。

總之我現在陷入極為沉重的掙扎，天使與魔鬼在我的兩邊開始打架。

……怎麼辦？到底要不要入手？

你瘋了嗎？那是你打工一整個月的薪水啊，這個月你吃土嗎？

可是，你從國中開始就在找這個杯子了不是嗎？而且，你確定以後還有機會遇到嗎？

太誇張了，這種杯子雖然稀少，但不可能完全絕種了。再說，如果你以後又看見一個差不多的水晶茶杯，但價錢卻比這個還要低很多，那你不是嘔死了？

但如果你以後找不到呢？

怎麼可能找不到啦！

你確定嗎？

……閉嘴！

我扶著玻璃櫥窗一陣喘氣，終於找到了兩全其美的好方法。

我突然想到：為什麼我會怕以後都找不到這個東西呢？

很簡單，因為這東西的形象過去只存在我的腦海裡，我連它叫什麼名字都不知道，更別說去找了。所以，只要用手機把杯子拍下來，然後去便宜的跳蚤市場問：「請問你們有沒有這個東西？」不就好了嗎！

沒錯，就是這樣！

我得意洋洋地轉頭看著兩邊的天使與魔鬼，哈哈怎樣沒話說了吧？能想出這個絕妙辦法，不愧是我啊哈哈哈～～然後一邊從外套口袋裡拿出手機，對準杯子之後，「喀嚓！」

好，這樣一切就完美了！

……哎，如果真的是這樣就好了。

真實的情況是那個美麗的玻璃杯好死不死地被放在最高層櫥窗裡，而我的身高又好死不死地不夠高。即使我墊起腳、手舉到快脫臼還把鏡頭拉到最近，還是拍不到那個漂亮寶貝。

沒辦法，這時候就只好使出最後的殺手鐧了！

我左看右看，凌晨兩點半的漢堡街道上一隻鳥都沒有。

我一隻腳踏在櫥窗的窗台上，用我此生最快的速度「爬」上櫥窗！

我的視線一下子長高了半公尺。美麗的水晶茶杯就在我的視角正前方，隔著一層薄薄的玻璃窗、赤裸裸地一覽無遺！瞬間我突然有種在偷窺誰洗澡的港覺……

但現在可不是陶醉的時候。我的任務不只是偷窺，我還要偷拍！

我掏出手機快速按了兩下快門，接著就在我準備跳下來的那一瞬間——

警·車·來·惹～～

我不知道警察到底是剛好巡邏到這個地方，還是從什麼監視器上看到我的。總之那時的警察八成也不知道發生了什麼事，他們只看到一個矮小還穿著一身黑的亞洲人，夜半三更站在全漢堡最精華地段精品古董店的櫥窗窗台上。

……世界上還有比這更可疑的人嗎？我的天啊啊啊！！

突然間兩聲警笛跟爆炸一樣在我耳朵後面響起。我兩手還捧著手機懸在半空中，結果一轉身就看到後面不知從什麼時候開始竟然停了一輛警車。

車上馬上衝下兩名至少一百九十公分的警察，一個拿著警棍氣勢磅礡地朝我走過來，另外一個在警車另一側，於是我看見了他手上那一把漂亮精緻的瓦爾特P99……

德製瓦爾特P99警用手槍。瓦爾特P5及瓦爾特P88的改良版，一九九四年開始設計，九七年投入使用。搭配九釐米子彈，一般制式彈匣十二發，可加裝消音器、戰術刀或是十八發加長型彈匣，槍口初速每秒四百零八公尺，有效射程六十公尺。後來銷到美國，就成為赫赫有名的史密斯威森SW99……

哇我第一次看到真品欸～～

當時的我整個傻住。

聽著警察命令：「手舉

我剛拍好這張照片，警車就來了。

高、放在頭後面！」

我光速一樣地照做了。但警察再次命令：「趴在地上！」

看了看地上，我有點猶豫了。

「可是地上有雪……」

「趴下！」

我轉瞬間做出了決定。雖然老話說「筆的力量比劍還大」，但在當下這個Moment，誰手裡有槍誰就是我爸爸。

我就這樣趴在地上。手抱後腦逼得我根本在吃雪，當下我也只能暗自祈禱不要有狗在那裡大過便。同一時間我感到融化的雪水暢快地在我褲襠裡攻城掠地，穿透牛仔褲、防寒褲、內褲……

總之整件事就在兩個警察仔細檢查了我的簽證，發現我沒什麼前科，再加上我的說詞雖然愚蠢但還算情有可原的情況下，終於把我放走了。

警察把證件還給我，還附帶了一句德國人那有如酸菜一樣的酸話：「下次拜託，不要在週六凌晨兩點做一些奇怪的事情。」

我站起身，從外套到褲子到處是雪：「不用你們說我也知道。」

好啦我只是心裡這樣想，但現實我還是很孬地說了一聲：「是……」

警察就這樣回到警車。走之前拿著警棍的那個警察回頭對我說：「喂。」

「？」

「如果你還想要那個的話，」他指了指櫥窗：「那個的德文應該叫 Teeglashalter（玻璃茶杯握把）。去 E-Bay 找找吧。」

我愣了一下，接著不知道為什麼，突然笑了出來。

我終於，知道這個叫什麼了。

而且，我一點也不想要了呢。

我就這樣拖著疲憊的身軀回家，原本以為我的文青生活已經夠誇張了，沒想到還有更誇張的情節在等著我——

如果我不說，這一切就像某個電影布景一樣……

空曠的二線道馬路上飄著紙屑和落葉，兩旁是古典的紅磚戰前建築，不斷向遠方延伸；一樓商家的玻璃落地窗裡陳列著各式各樣的商品。但是不曉得是什麼原因，整個城市看起來就像是《惡靈古堡》電影裡一般空無一人。

這時突然間從遠方響起一陣急促的腳步聲，一個笨蛋正在拔腿狂奔。

是的，那個人就是我。

風聲伴隨著呼吸聲不斷灌進我的耳朵。我拚了命向前跑，腦海裡接連浮起一大堆的黑人問號：奇怪了為什麼別人都可以無憂無慮地過著文青小確幸，在我這裡就開始變得超級戲劇化？我的確是想要蒐集老東西沒錯，但我想要的，也不過就只是杯子、背包之類的東西而已……

我沒有要這個啊～～！

我一邊狂奔一邊在心中吶喊。

不知道多久以後，我終於看到了黃黑交錯的封鎖線——

到底，發生了什麼事？

這件事情還得從我找房子的時候說起，那時，我還只不過是一個剛來到德國的死菜鳥……

有種逃亡叫文青

前面提到，我租的房子位於易北河中央一個叫做「威翰斯堡」的島上。雖然聽起來好像沒有很大，但其實整個島嶼面積跟內湖區差不多。

從外表上看來，它跟市中心的文青區沒有太大的不同：古老、頹廢的紅磚公寓，斑駁的外牆上貼著各式各樣的銅版印刷海報，卻同時有著巴洛克式浮雕和紅磚。像這種塗鴉與雕刻並存、後現代與古典共生的房子，絕對是懷抱左翼理想的歐洲大學生最渴望的烏托邦。

剛搬來的時候我就很納悶，為什麼兩個看起來差不多的區域，竟然價差可以如此之大。後來我才知道，這裡和文青區最大的不同就是，威翰斯堡的殘破頹廢不是裝出來的。

那裡可是如假包換的貧民區。既然是真的，那發生什麼事情也就都不奇怪了……

但不是我在說，這裡的怪事也未免太多了吧?!

住在這裡的四年，我總共遇到過洪水、槍戰、火災、化工廠爆炸。我到現在還記得，那天下午我打完工正在回家的電車上滑手機，突然間就看到我家那區發生了化工廠爆炸案件，不曉得是硫酸還是硝酸之類的強酸液體開始揮發，導致那一區的空氣全都帶有強酸。

「我們在此呼籲所有居民即刻回到家裡，並緊閉門窗……」

我二話不說，馬上掉頭回公司加班。

就在我的留德人生已經完美圓滿、不虛此行了之後，我遇見了一個不要說在台灣，在整個歐洲搞不好也只有德國才遇得到的東西——

是的，我家樓下發現了二次世界大戰的未·爆·彈～～～

而且還兩次！

蛾摩拉行動

一九四二年夏天，將近三十萬德軍如海一般淹往東邊，對蘇聯的重點城市史達林格勒發起猛烈進攻。為了解決蘇聯的困難，英美兩國制定了從西邊牽制德國的戰略。在重重的討論之後，英國首相邱吉爾決定：利用空軍，對德國城市發起大規模轟炸！

在經過整整一年的整備以後，一九四三年七月二十七日的漢堡市正是一個異常炎熱的夏季時分，即使到了晚上也很少低於三十度，下了班的工人擠在城市南邊（是的，就是我住的那一區）的小酒館裡享受難得的悠閒時光。但他們怎樣也想不到，幾個小時之後，這裡即將成為煉獄。

同一時間的英國，「蛾摩拉行動」正式啟動。

蛾摩拉和所多瑪一樣都是聖經中的城市，據《創世紀》說，這兩個城市因為敗德，上帝便降下如雨一般的火和硫磺，把這兩座城給徹底毀滅了。

聯軍現在要做的，就是上帝那時做的事。午夜時分，英美聯軍總計七百八十七架轟炸機飛向漢堡集中猛攻，在大約長三．二公里、寬一．六公里的範圍內，投入五百五十至六百枚重型炸彈。因為天乾物燥，轟炸的成效遠遠超過他們的想像。在市區裡，烈焰造成的風暴竟引發時速高達兩百四十公里的超級強風。這股溫度高達攝氏八百度的熱風像掃過落葉一樣毀掉動線經過的所有建築物，接著是高達三百公尺的火焰，港口與運河的水面則因油料洩漏而引燃，成為一片火海，整整三個小時不滅。

漢堡在炸彈和大火肆虐下形同煉獄，根據最後統計，轟炸直接造成至少五萬人死亡、摧毀房屋二十五萬棟，城市一半以上的建築被摧毀，導致一百萬平民無家可歸。

我遇到的，就是那個時期的未爆彈。

……還有比這更文青的逃難嗎？魂淡!!

我一邊跑一邊在心裡飆髒話，不是喜歡老東西嗎？不是想過以前的人的生活嗎？現在竟然連二戰的老炸彈都出現了呢！幹～～！

我到現在還記得，第一次遇到未爆彈的時候，是我剛搬進來的第一個星期天。那時候我還是留學德國的小菜鳥，不但德國民情完全不懂，甚至連德文都不太會說。

那一天，漢堡市政府一發現炸彈之後，就立刻公告這個地區的民眾將在隔天幾點幾分開始拆除行動，這段期間內全區淨空，所有人都必須離開，一直到炸彈成功拆除為止。

那麼這時候就會有人覺得很奇怪了：為什麼我沒有接到通知呢？

事實上我的確有接到通知，我的室友從前一天晚上就和我說，隔天星期天早上好像有什麼事情。

「……所以我大概會在早上八點的時候就出門，你也早點出門吧。」

但是他說的是德文。通常當我聽不懂對方到底在說什麼的時候，就會做出跟所有人一樣的事情：用幾個固定的回應，創造出一種「自己其實聽得懂」的假象。比如說：

「真的（Echt）？」

「原來如此啊（Achso）！」

「是啊（Ja）～～」

反正就是這幾個句子，然後視對方語氣任意變換。而且不是我在說，我通常都可以變換得毫無破綻，讓大家以為我好像真的聽得懂。

總之很快就到了隔天早上，一早我就聽見了……廣播聲。

說真的，用德文廣播實在很有好萊塢戰爭片的臨場感，只是那時候我根本沒有理會它。那是我搬過去的第一個星期天早上八點半，因為某種神奇的原因，睡到神魂顛倒的我當時竟然以為，那是在叫人家起床做早操的。

「……德國人這麼健康啊？這麼早起來做早操。」我嘟嘟囔囔地翻了個身，決定繼續睡。

在朦朧的意識中，我聽見了住我們對面的同性伴侶牽著腳踏車離開。然後接二連三地，我家樓下的新納粹、隔壁的克羅埃西亞人，甚至是樓樓下的摩洛哥家庭都一個個離開了。

「大家都去……做……早操了吧？」我又翻了個身，心想我就不去做，德國政府是會把我抓去關還是怎樣的？

在短暫的騷亂後一切又歸於寂靜，我沉浸在美好寧靜的早晨裡。陽光溫暖地照耀著床鋪，外面小鳥啁啾，意識終於又逐漸朦朧了起來。

就在我總算起床煮咖啡的時候，門鈴突然大響了起來。我一手拿著咖啡一邊打開門，驚訝地看見門外竟然站著兩名全副武裝的警察。

不過，警察看見我似乎更驚訝。

「你怎麼還在這裡？」

正當我想回「不然我應該在哪裡」的時候，他們馬上就噴出一串德文，根據他們的手勢和語氣，我大概可以認出兩個字：Bombe、Explodieren。

這兩個字分別是「炸彈」和「爆炸」。所以合起來的意思大概是：

「炸彈要爆炸惹，塊陶啊！」

……

！！！

到這裡我終於想起昨天晚上室友到底對我說了些什麼：

「明天這一帶要全部淨空，所有人都不能留在這裡喔。」

「真的（Echt）？」

「是啊，剛剛來通知，附近發現了二次大戰的未爆彈。因為有可能在拆除過程中不小心引爆，所以這一區都要撤離。」

「原來如此啊（Achso）！」

「所以我大概會在早上八點的時候就出門，你也早點出門吧。」

「是啊（Ja）～～」

警察來做最後的巡視，結果剛好就按到了我家的門鈴，才發現我根本沒走！

我二話不說，這時候當然也沒什麼話好說，抓了一件外套就開始往樓下衝，走到外面我看到了熟悉的街道、熟悉的櫥窗、熟悉的咖啡廳和熟悉的麵包坊……

但唯一不一樣的是，原本人潮熙來攘往的城市，如今竟然一個人也沒有！

我死命狂奔，一切看起來都好像演電影似地。我盯著馬路上唯一飛舞的紙屑，而我是悄然無聲的晴空底下唯一活著的人。耳朵不斷聽著心跳聲、喘氣聲、腳步聲。

咚咚咚咚咚……

咚咚咚咚咚……

而這竟然還不是唯一的一次。時光荏苒，轉眼間我已經變成了留學生中的老鳥，而我家下面又～發現了未爆彈。在一次的聚會中，朋友問我最近的文青生活過得如何？

「我不當文青了。」我說。

「為什麼？」

「因為那實在是太、太、太危險了。」

拆除未爆彈那天，警察封路，公車站牌上寫：「基於拆彈的原因……」。

到底什麼才是「文青」？森林裡的對話錄

很久以後，在一次森林裡的野餐時，我們又提起了關於文青的話題。從什麼時候開始，文青變成了某種帶有負面意義的詞彙？什麼是真文青、什麼又是假文青呢？幾年過去以後，我對這個族群的確想了很多。如今也漸漸可以提供這種種問題一個答案。

和嬉皮一樣，文青也誕生於追求自由、解放自我的時代。但是在後來，原本追求自由自在的文青族群，卻開始出現了某種「潮流」。

七〇年代，許多富家子弟加入這個族群，使得「文青」的定義變得更加功利。它沒有以改變什麼社會現象的主張做為自己的核心價值，而僅僅只是那群富家子女在找到真正的自我定位之前，所暫時棲身的停留之地。種種流行的無麥麩、全素飲食、二手市場家具和自願性的貧窮，都無法掩蓋他們身為一群天之驕子的事實，所以那些東西早就在不知不覺中，被所謂的「文青潮流」炒到根本不是一般人付得起的價格。

但難道不成為他們的一分子，你就和所謂的「文藝青年」永遠沾不上邊了嗎？

「並不是這樣說的。『文青』也有所謂的真文青和假文青，我們只要當一個真正的文青就好了。」我一邊痛快啃著烤雞（這一點都不文青）一邊說。

「真文青和假文青的差別在哪裡？」

我想了想：「大概是……假文青通常有某種『潮流』吧？」

「什麼意思？」

「在假文青族群裡，你很容易看得到他們現在在流行什麼，比方說今年流行什麼眼鏡、什麼髮型、看什麼電影。

他們會跟風、他們買所謂的文創製品，但多半都只是在追求品牌或是通路。

他們去的咖啡廳也多半不是因為很愛那裡的咖啡或氛圍，僅僅只是因為行銷或周邊才去的。」

「喔……那真文青呢？」

「真文青很難定義。因為他們基本上不算是一個『族群』，但還是有些共通點。

他們會有些獨自的社群、在穿著外表上通常都有自我品牌，『有想法』是別人對他們的普遍評價，重要的是：他們會批判，對某些社會議題會特別關注，甚至會採取行動。

最後，當他們發現喜歡的咖啡廳時，往往不會亂聲張，生怕因此又失去一個能喘口氣的地方。說到底，真文青就是一句話。」

「什麼？」

我笑了笑：「成為你自己。就這樣。」

「成為你自己？」

「對啊，喜歡什麼、不喜歡什麼，只要不打擾到其他人，干他們屁事？」

朋友若有所思地點點頭，接著環顧四周：「所以……這就是為什麼你會在森林裡，放著中世紀基督教的葛利果聖樂（gregory chant）嗎？」

「……這是很好聽的音樂好嗎！」我說：「羅馬教皇葛利果一

森林裡的午餐會。放著教堂的葛利果聖樂，真會讓人聖靈充滿啊～

世聽到小鳥在唱歌，所以發明了這種清唱法……」

「是還不錯啦。」朋友想了想，接著說了一句話：「但……這種感覺是不是有點像一群德國人在台灣的森林裡放大悲咒？」

我聽完愣了一下，接著便默默把音樂關掉了。

極簡生活的原因

記得我回台灣之後沒多久，有一天，我妹跑過來問我：「哥，你有沒有兩千塊借我一下？明天還你。」

我看著老妹想了很久，倒也不是猶豫要不要借她，而是：要不要當著她的面把錢拿出來？

最後我總算點點頭：「有是有啦，但妳可以不要在乎這些錢是從哪裡來的嗎？」

我妹頓時滿臉黑人問號，但還是點點頭。

我走到鞋櫃前面，把裡面的兩雙鞋子拿出來，從鞋底把千元鈔票掏出來。

我妹當場完全傻眼：「為什麼？為什麼會有人想要把錢藏在鞋子裡面？？這到底是什麼情況？」

「這可是逃難的必備技巧啊！在每雙鞋的鞋墊裡藏錢，就算逃跑來不及拿錢包，至少也有現金可以讓你撐過一陣子……」

「不只這個，」我妹走到我的衣櫥，裡面一件衣服都沒掛，只放著一個登機箱：

「為什麼好好的衣櫃不放，要把你的衣服全都塞進行李箱裡？還捲成這樣是怎樣？」

「這不叫『捲成這樣』，這捲法叫『ranger roll』，是美軍的折法……」

我妹完全無法反應。她深呼吸了一口氣，和我說：「哥我一直想問你……你到底是去哪裡留學的？」

是的～～俗話說人不找死就不會死，是說在文青生活失敗了以後，不死心的我又開始汲汲營營去尋找下一個挑戰。

事實上，這種挑戰自我的行為在我的生活圈裡還滿常見的。每個人在讀書的某個階段，似乎到最後都發展出了一套自得其樂的生活方式。有人研究料理研究到自己用胡蘿蔔泥、菠菜泥混合麵粉做出了彩虹麵條；有人似乎學賈伯斯變成了果食主義者，三餐就是吃水果；有人信了密宗，天天在圖書館前練吐納。而這種現象在德國似乎又更為嚴重，有人在森林裡散步，散到最後就出家了（這種比例意外地高）。而到最後我也終於找到了自己的答案——

極簡生活運動！

說到極簡生活的起源，那當然很早以前就開始了，在那個前工業革命的漫長時代裡，很多人幾乎都是別無選擇地過著極簡生活的。但是作為反消費主義、環保意識而興起的極簡生活，則是近一百多年才開始出現的運動。十九世紀時以德國與瑞士為首，開始出現一系列「生活改革運動」，舉凡像是柏林的「漂鳥運動」啦、浪漫的「波希米亞運動」啦，這群拒絕接受一般社會習俗的學生或藝術家，追求自由自在的流浪生活。基本的共同特色都是對工業化、消費主義及城市化的批評，以及試圖回復對自然的嚮往。而這些運動的集大成，就是一九六〇年代的嬉皮運動。

但是二十一世紀的極簡生活又有點不太相同。二〇〇八年雷曼垮台以後，越來越多歐美的人們開始反思：經濟增長是否等同於幸福呢？越來越多的人靠限制自己的物欲，並且追求自然、靈修等行為來找到自己人生的平靜與真正的價值。如今，比較有名的極簡生活運動有「百項挑戰」（只靠一百項物品生活下去）、「三三三項目」（只能在衣櫃裡放三十三件衣服，但每過三個月可以更新一次），而隨著日本山下英子的《斷捨離》出版，這類極簡生活也開始傳到亞洲。

總之在剛準備寫論文的時候，我正好接觸到這種「一個背包說走就走」的生活。我當場眼睛整個亮了起來：所以是的……我就這樣開始了「百項挑戰」。

一開始，我的確也像其他所有想過極簡生活的人一樣，為了讓自己擺脫物欲，或是找到真正的自己而開始這項運動。整個二〇一四年我的衣服是這樣穿的：深藍海軍大衣一件、休閒黑色西裝外套一件、條紋有機棉白襯衫三件、黑褲子兩條、黑色樂福鞋兩雙、運動服一套，嗯，就這樣。

我的衣服還少到一週必須有一天待在家洗衣服，不然下個禮拜立刻開天窗。也正因為如此，我好像是所有朋友裡面唯一一個會拿「沒衣服穿」當成沒辦法聚餐的理由的。幸好我朋友人都很好，這麼古怪的理由竟然也都接受了。按照《斷捨離》作者的說法，現在的我應該已經是最快樂的階段了。

但是，錯了。

因為我，走火入魔了。

家裡四百多樣東西被我扔的扔賣的賣，一直到後來只剩下八十七樣。到了那個時候你滿腦子都只會想著：「一定還有！一定還有什麼東西是可以減少的，只是你還沒發現而已！」

我在房間裡打滾。天啊，已經沒有東西可以丟了！瘋狂地在已經夠空無一物的房間裡面看了又看。這種感覺好像一個把卡刷爆的購物狂，只是他們是沒東西買，我是沒東西丟。總算冷靜點後，我轉頭瞥見牆角掛在衣架上的大衣（請記得，那是在零下八度的北德），終於把腦筋動到這裡來。我想起曾經聽過郭德綱爺爺講過的一段武打評書。心想……現實中應該不會有這種東西吧？

抱著好奇的心態上網搜尋了一下。我驚喜地發現：原來真的有這東西啊!!

「……你說你又要練什麼？」我興奮無比地打電話給女朋友。女友的反應整個傻眼，用高八度的聲音尖叫道。

我又一字一字重複了一次：「『寒．暑．鐵．布．衣』，武當派的內功術，聽說練了之後就寒暑不侵喔！我在網路上找到秘笈，已經列印下來了……」

極簡生活運動開始後，我的房間。

寒暑鐵布衣

寒暑鐵布衣，道家上乘武功。武當太乙隱仙派秘傳功法，據說精通此功者，寒暑不侵，寒暑均可一件布衣便四季如春。

「網站上說，這套功夫是太極師祖張三豐所傳，因為當年武者經年窮遊天下，所以研發了一套抵擋寒暑的氣功……欸，妳怎麼都沒聲音？」

話筒那邊沉靜一下子後，女友的聲音傳過來：「噢我剛剛在把你說的話發到我們群組裡。」

「什麼？」

「你應該知道吧？我跟姐妹們還特地開了一個群組，專門用來討論你的各種奇聞軼事……」

「喂！」

「四季如春咧！我看是你的腦袋四季如春了吧？你到底在想什麼啊？極簡生活是

還不錯啦，但是極簡到想要練寒暑鐵布衣，我看全世界也就只有你一個人有這種創意了吧？光靠練功就可以四季如春，那你怎麼不再去練一套不用吃飯的啊？這不是更方便嗎？」

「……」

聽我沒回話，女友馬上就知道為什麼了：「別告訴我還真的有這種東西……」

「……這叫辟穀術，等練完寒暑鐵布衣後我就……喂？喂？」

事實上，我也不是笨蛋。當你看到網站上寫著「支持《寒暑铁布衣功——武當太乙隐仙派密传》附制黏貼及免费下载」、「点击查看 txt 文字版」後，不知道為什麼那一瞬間你就是知道，其實希望也不會太大。

但是轉念一想，整個網站上既沒賣藥也沒要我去啥學校，就只是練個吐納而已，就算到最後真的沒辦法，我也沒啥損失啊。

就是抱著「反正又沒啥損失，萬一真的成了還省了買大衣」這樣的心情，我就跑去練了。

我在漢堡的宿舍位於易北河畔，夏天時常常可以看見很多大學生在那裡喝啤酒烤肉，但是一過九月除了偶而慢跑散步的人經過以外，基本上整個河堤一望無際卻可以一個人煙都沒有。

但保險起見我還是特別找了一個更隱蔽的地方，看著眼前的漢堡港寬廣遼闊，夕陽朦朧西下，巨大的貨輪鳴著汽笛聲緩緩駛近，身後則是一片綠草如茵，茂密的樹木具有防風的效果，又能給人與世隔絕的感覺。整幅畫面美不勝收。當下我決定：就是這裡了！從口袋裡緩緩拿出從大學計算機中心複製貼上、以每張三毛四分台幣的價格列印出來的，武功秘笈。

我看了一看。首先，要先大聲喊出功法歌贊。

天啊！要在河堤大聲喊這個也太丟臉了吧？

我真是慶幸自己找了一個萬徑人蹤滅的地方，以防萬一我特地左顧右盼了兩、三次，還蹲下看看林間小徑會不會剛好有人經過，等到確定視線所及範圍的確一個人都沒有後，我才清了清喉嚨，開始朗誦：

寒暑鐵布衣，奇功世間稀。三豐祖師傳，後學應謹記。
陰陽合於心，寒暑兩無礙。男女有別法，修煉要注意。
一氣先和合，九九須摶聚。再以息貫之，鼓蕩不可泄。
息行百十二，哼受丹元力。更將金剛杵．毛穴可封閉，
自可辟五穀，又可卻宿疾。手足力無窮，身披鐵布衣。

言行依道理，動靜可如意。吟嘯杳雲際，四海任我行！

一唸完我馬上又轉頭四處張望了一下，心想如果有人看見了，我立刻就跳進漢堡港去！

接著才是真正開始練功。雖然那一大張紙看起來廢話好像很多，但其實練起來還真是意外地簡單。大體說來就是雙膝微蹲、手向前舉、掌心向下，心想著寒冷大地下隱藏著熾熱的地心，你就是在吸收那地心的日月精華之類的。慢慢邊吸一大口氣邊數到七，然後重複七次。

「暑」的部分完成了。接著就是「寒」的部分，把掌心一翻變成向上，心想在頭頂豔陽高照，但是極高的地方卻寒氣迫人，吸氣的時候就想著，你是在吸收那陰涼的空氣。吸一大口氣數到九，然後重複九次。

「練完啦？春天了嗎？」女友在話筒那邊漫不經心地問。

「練完啦，」我回道：「……沒什麼感覺，不過網站上也說要練兩個月以上才會開始有效果，明天繼續。」

「你很閒嘛。那你接下來要幹嘛？」

「噢對，這麼一說我才想到等等要去購物街。」

「喲～～要去買東西啊？真難得。」

「是啊，我的兩件襯衫天天穿，邊角都被磨破了。漢堡的無印良品有在特價，一千五百台幣的襯衫現在賣四百。」

「這麼便宜喔？那多買幾件啊。」

「我才不要咧，買那麼多要幹嘛？」

「……算了我要睡了，你購物愉快啊！」

掛斷電話後德國才下午四點，我趕忙跑到市中心入手了兩件新襯衫，按照我的預想，下次再買大概就是三、四年之後了吧？

誰知道一個星期之後，我就含淚把這兩件襯衫扔進舊衣回收箱，再次走進了無印良品……

調查兵團

在和女友聊完電話後我就去買襯衫了。下午四點天已經快要黑了，家家戶戶燈火通明，但是卻感覺離我好遠。當人們在寫論文的時候，眼中的世界其實就是長這模樣——浮華世界神馬的都像隔了一層霧座落在遙遠的彼岸，和自己沒啥關係啊～

寫論文後，我漸漸可以理解為什麼博士生都是那種活像修道院出來的死氣質。你想想嘛，每天的生活就是在固定的時間到研究室上班，固定的幾個同事，再固定去給老闆電。一天可能說不到三句話，大部分的時候都是孤單一人自己做自己的研究。沒有豔遇、沒有茶水間八卦、沒有星座時尚主題餐廳，期待在圖書館的書架間看見漂亮的圖書館員嗎？

做你的夢去吧。

我全然無視花花世界的各種特價促銷，撈起兩件XS號襯衫就往櫃檯走。

結帳完之後也不用回家，直接先奔往旁邊的服裝修改店。德國人身材高大，都已經XS號了我穿起來竟然還是太長，所以修改衣服是很正常的事情。一直到這時候我都還是按照一種身體慣性在行動，但是好巧不巧，我的腦袋開始失控地運轉起來了。

而這就是鑄成大錯的開始。

當我走到服裝修改店門口忽然停了下來。腦袋開始飛速運轉：為什麼每次都要來這間呢？

服裝修改店的品質應該到處都差不多吧？但是這家修改店離我家那麼遠又那麼貴，我幹嘛不拿去給我家附近的土耳其修改店就好了？

現在想想我真希望當時有人可以一巴掌打醒我：醒醒啊！千萬不要這麼做！

因為我家位在的貧民區根本就是所謂的雷區，到處都是雷店。隨便舉附近麵包店的例子來說好了，一塊麵包〇・三五歐，請問六塊麵包多少錢？

正確答案是二・一歐。

但是有天我去買了六塊麵包，土耳其店員算了算：「一共是三・八歐。」

我整個傻住，告訴他是不是算錯了，還特別問他一塊麵包多少錢。

店員還跟我解釋：「不不不，你買的麵包是比較貴的要〇・三五歐，不是便宜的〇・一九歐……（重複 repeat）」

接著我們陷入無限迴圈。我嘗試告訴他，一塊要價〇・三五歐的麵包，十塊也才三・五。我買六塊你收我三・八，不覺得就不對了嗎？

店員：「可是你買六塊，當然不是十塊的價錢啊。」

我：「但是六塊比十塊貴！你不覺得不正常嗎？」

店員：「因為是比較貴的麵包啊！」

我當下就很想一頭撞死：「我沒有在跟你說便宜的麵包，我們忘掉便宜的麵包，現在來講貴的麵包。」

店員：「但我們便宜的麵包也很好吃……」

我：「閉嘴!!我要說的是六塊○．三五歐的麵包，總共不可能是三．八歐。因為十塊也才三．五歐。」

店員：「因．為．是．比．較．貴．的．麵．包．啊！」

我：「……我不跟你吵了。你自己拿計算機。」

然後我要鄭重說明，這店員身旁有兩台計算機、一台收銀機，算了三分鐘跟我說：「好像真的不是三．八歐欸。」

我：「謝謝……」

店員：「所以應該是二．八歐。」（再次聲明：正確答案為二．一）

我：「……隨便你……」

總之就是雷！雷爆了！

但我還是決定再相信這個區一次（這也是我的錯）。當我走進店裡後，一個圍著頭巾的媽媽走了出來，我和她說明來意後她回答：「blablablabla（土耳其話）。」

這意思應該已經夠明白了——她聽不懂德文!!

但又懶得回去原本的修改店，我只好硬指了指襯衫下襬，在最下面一顆扣子下大概半公分的地方劃了一條線，表示我想要修改襯衫到這個長度。

土人媽媽立刻就懂了，露出燦爛笑容對我比個大拇指。正當我以為溝通已經完成，媽媽接過襯衫後，又在扣子下方要裁減的長度上扣上別針，一邊很努力地擠出她會的幾個德文：「……sicher（確定）？」

「sicher, sicher!!」我回答道，原本還想跟她講說最近亞洲流行短版，但又不知道該怎麼解釋，只好一樣指了指襯衫做記號的地方說道：「在亞洲，good！」

「ok ok，一週。」

她打發我出去。走出裁縫店後我長呼了一口氣，怎麼可以這麼累。

時光飛逝，一星期後我去拿襯衫，結果試穿了之後我差點用中文喊了出來——

幹！

她裁的地方比之前做記號的地方，往上提了整整一個扣子啊！

我站在鏡子前整個傻眼。第一時間浮上腦海的，就是我正在cosplay《進擊的巨人》裡調查兵團的超短版外套。我那個沒什麼練的研究生小肚肚隨著襯衫迎風招展，心情比外面的氣溫還要陰涼，比天空還要黑暗。

更糟糕的是我還告訴她，現在亞洲正在流行這個啊！

大媽站在我旁邊還給我比起大拇指：good？

good你娘親辣！還good咧！

我心裡那股無名火頓時讓德國的寒冷消失無蹤，瞬間我領略了所謂寒暑鐵布衣的真髓，其實就是自由操縱激動和冷靜。激動的時候血壓上

寫論文的感覺就有點像這樣：對岸燈火通明，但都像是隔了一層霧，與自己毫無關係。

升心跳加速，自然也就不冷了。

總之我還是很孬地付了錢走出去。無印良品的兩件襯衫從來沒進過我家，就在路上被我含血含淚扔進舊衣回收箱，轉過身，我再次朝著購物區前進……

德國生活番外篇

腓特烈大街

身為一個歷史系菸酒生，有時帶一下從台灣來的旅遊團也是很正常的。這次帶的柏林參訪團裡就有一個可愛高中生小弟，當我講柏林圍牆講得口沫橫飛時，問了我一個問題：

「為什麼要分成東、西柏林？」

「因為西邊是資本主義，東邊是共產主義……（以下省略八千字）。」

聽完後小弟說：「所以，東柏林討厭資本主義囉？」

「嗯，大致上是這樣沒錯啦。」

「那，我們現在是不是在東柏林？」

我大驚：「你怎麼知道？」

小弟指了指路牌，上面就是有名的腓特烈大街（Friedrichstraße）——

「你看他們有條街叫油炸有錢人街……」

#Friedrichstrasse

#咦咦咦咦咦

我是怎麼把德國人嚇死的

我在德國的家旁邊有條很~漂亮的長堤，通常我都會在那上面慢跑。

但是在冬天下午四點就開始天黑，下午六點跑步的話，天色幾乎已經是完全看不見的狀態了。但好死不死我剛好就因為怕髒，所以體育服也是全黑的，整條長堤上又沒街燈，實在很怕哪天突然就被腳踏車撞死。

因此我想說去買一件反光外套好惹。但隔天我在體育用品店整個傻眼：原來一件反光輕量外套要四千塊台幣，而一件反光防風外套，竟然要八千塊台幣以上啊啊！

我在店裡死死盯著價碼牌好幾分鐘，非常希望是我看錯了小數點之類的。

我吐出一大口氣：不行！買不下手。

的確是有那種交管用的螢光背心一件三百塊台幣，但穿那個跑步實在是醜到我不想見人……

等到好不容易找到了一件價錢合理的兩千塊台幣衣服，後來卻發現那好像是雨衣（雨衣賣兩千塊台幣……？）

敗興而歸的我垂頭喪氣走在河堤上，正巧這時有個看起來就是大學生的德國人，正騎著腳踏車朝我迎面而來。

我突然心生一計，很開心地跑過去想問他：「不好意思請問一下，我想要跑步但又買不起反光外套，因此想問當你們在騎腳踏車時，看到像我這樣一身黑的穿著會

我家旁邊固定的跑步路線。

不會影響到你們的視線？還是你們其實都看得到我？」

我是這樣想的。

但大家知道腳踏車的速度非常之快，我必須把這一堆話全都濃縮在不到一秒鐘的時間用德文講完。因此我說出來的話是這樣的：

「不好意思請問一下……你看得到我嗎？」

在沒有街燈、空無一人的黑暗長堤上，我就看著他飛也似地騎走了。

我從來沒看過有德國人騎腳踏車騎得這麼快的。

4 崩潰論文

我完全不敢相信眼前的景象——

我在德國，一個大家眼中整齊有序的德國，

為什麼會發生屋頂塌掉這種事情啊？

我看著天花板上水幕一波波落下，

地上的雪水蜿蜒、漸漸來到我的腳邊；

積水映襯著早早升起的月亮，在白色牆壁映上粼粼波光，

好一幅優美的風景畫。

……優美個頭啦！！

就在千言萬語閃過腦海的同時，室友打開門，

也被這從天而降的瀑布震懾到整個傻住。

我們就這樣隔著銀色水幕深情對望，

簡直像遙望銀河的牛郎織女一樣。

而這一切都發生在我寫碩士論文的最關鍵時刻。

我哪知道，這其實只是崩潰的開始……

寫論文寫到屋頂塌下來，是不允許的！

好的，時間就這樣在各種丟東西扔東西之中過去了。我得說，這段期間裡我的確更平靜、也更快樂。之前留學生留下來的電視被我丟了，放在床頭的 Ikea 木屑桌也扔了。但是也留有一些先前文青生活的痕跡：窗台前的土耳其銅製咖啡壺被我拿來當成裝飾品；房間角落放著古舊風的花瓶（雖然裡面的花是塑膠花）；至於揹的背包則是跳蚤市場買的真皮背包，好看到甚至在街上都有人問我在哪裡買的。

在所有店家都沒開的星期日，我可以不帶包包、雙手插口袋、一派輕鬆地漫步在漢堡港邊，我看見以前從來都沒有注意過的港口日落、看見巨大的貨輪在我眼前緩緩滑過……

即使時間流過，心裡也沒有任何一絲驚慌，那是我整個德國生活裡最快樂的日子。當然，隨著地獄般的「那件事」發生，我的悠哉生活徹底被撕成碎片，每天都活得快要崩潰……

在陰翳的德國冬季裡，我站在街頭崩潰地大喊了起來。

「啊啊啊啊啊啊啊啊啊啊啊啊啊啊啊啊啊啊啊啊啊！」

故事是發生在我的最後一關：碩士論文的時期。

即使對德國學生來說，這也是最重要、最難過的一個坎。根據規定，漢堡大學碩士生在修課期滿以後，必須先有三個教授同意你的論文及口試方向，在獲得他們的簽名認可之後，再向學校提出申請。接著校方審核通過後，你只有五個月的時間交出總共九十頁的德文論文。

所有菸酒生在畢業後，想起碩論生活可能都還會心有餘悸。多少人大學的時候懷抱著的博士夢、教授夢，在經歷過碩士論文就大概都放棄了。但是對我來說，碩論生活竟然意外地愜意。每天早上八點就是準時坐在桌子前開始看資料，然後下午去慢跑一下，六點之後就回家休息。這種日子過了大約兩個多月，我還開始心想：「碩論其實也沒有那麼可怕嘛！」

……我錯了，大錯特錯！

事情發生在二〇一六年一月十六日。那天下午四點，我正靠在窗台上愜意地喝茶，一邊跟遠在台灣的閃光講電話。突然就在這個時候，我好像聽見了什麼聲音。

我問：「妳有沒有聽到什麼聲音？」

閃光停了一下，接著說道：「沒有啊，聽到什麼？」

我們兩個人都沉默下來側耳傾聽，我說：「好像有……水聲？」

的確隱隱約約有股水流的聲音嘩啦嘩啦地潑下來，聽起來好像是什麼人開著水龍頭，接著讓整個臉盆的水滿溢出來的聲音。

不會是室友忘記關水龍頭吧？我一邊想著一邊打開房間門，想不到冰涼的水立刻從我頭頂灌下。

「啊啊啊啊啊！」我大叫。

什麼？到底發生了什麼事？

閃光也在電話那頭問我：「你怎麼了？發生什麼事了？」

我一抬頭，完全無法想像我到底看見了什麼——

我家的屋頂因為承受不住雪水的重量，整個裂出一道將近兩公尺的大口子！

上面不曉得累積了多久的雪水開始像瀑布一樣潑到地板上，讓我家看起來宛如置身水濂洞！

「喂？喂？」女朋友在電話那頭大喊，但我完全無法回應。我看著天花板上水幕一波波落下，地上的雪水蜿蜒、漸漸來到我的腳邊；積水映襯著早早升起的月亮，在白色牆壁映上粼粼波光，好一幅優美的風景畫。

……優美個頭啦！

就在千言萬語閃過腦海的同時，室友打開了門：「欸你有沒有聽到什麼水……聲……？」

他也被這從天而降的瀑布弄到整個傻住。我們就這樣隔著銀色水幕深情對望，簡直像遙望銀河的牛郎織女一樣。

那一瞬間，我們看見了……島嶼天光

等我們手忙腳亂接了好幾桶水，把地上都拖乾之後，終於有時間來仔細思考這一切是怎麼發生的。

理論上，德國因為沒有颱風地震，再加上強大的施工品質，一棟好房子基本上撐一、兩個世紀是沒什麼問題的。像我一些德國同學的家，上次去的時候才發現，原來他們的房子已經超過一百五十年了。

……不過那是在品質良好的情況下！

但是德國也有品質可疑的房子。二次世界大戰結束後，德國整個被炸回了中古世紀，在物資短缺的情況下，不得不使用一些便宜的建材和工法快速蓋房，房子的品質當然也跟著大打折扣。我住的這一棟，基本上就是那個時代的產物。

七十多年過去了，這些房屋的房梁仍然採用當年的木造設計。不知道從什麼時候開始，屋頂的瓦片就因為老舊受損，每年冬天的雪水經過經年累月的侵蝕，終於在我寫論文的時候——

全～面～爆～發～了。

「啊啊啊啊！」我抓著頭髮開始大叫。在我寫論文這個超關鍵的時刻出這種紕漏已經夠讓我崩潰了，但我沒想到更抓狂的事情還在後面。

一直到那時我才知道，租屋公司一開始給我們的緊急聯絡電話竟然只是個裝飾品。在過去三十分鐘內，我已經打了整整七通電話，總算在下午四點五十分左右聽見一聲：「哈囉？」

那一瞬間，在我心中累積到頂點的壓力好像突然找到了一個宣洩口，但是我又沒辦法很清晰完整地用德文敘述自己的狀況，本來我想說的是：「你好我家屋頂裂了一個大縫現在雪水嘩啦嘩啦像水濂洞一樣流不停。」但因為德文全部卡在我腦裡，我只能用盡全力大喊：「我家現在有瀑布～～！」

「什麼？」

在我用驚惶到不行的語調和突然間全部歸零的單字量，好不容易跌跌撞撞地把整個情況說明清楚後，電話那頭（使用的是那種典型快下班的欠揍爽朗聲調）和我說：

「好的，你的問題我都了解了。」

「太好了，那你們什麼時候能派人來修？」

「這是個好問題。答案是……不行。」

我再次傻住：「『不行』是什麼意思？你剛有聽到我家屋頂現在水像瀑布一樣在流嗎？」

電話那頭的爽朗音調真的讓我好想揍他：「是的我們了解。但是你看，現在是下午四點五十五分，再過五分鐘我們就都下班了。在這種情況下，根本就無法派工人過去你們那邊。」

這話的確有道理。在歐洲，只要超過工時，不管是工人或辦事員基本上都是雷打不動。

「那我現在要怎麼辦？」

那個人好像早就預料到我會問這個問題，立刻就拋出了答案：「在這種情況下我們建議你，等到晚上五點過後再打一次電話，到時值班人員就有大把時間可以處理你的問題。」

「……」

雖然我很想問他：「你是不是只想把麻煩的事情推給下一個人？」但是轉念一想，這樣根本無助解決我的問題，而眼下也實在沒有其他更好的辦法，我只好百般不願地掛斷電話。但誰知道等我五點再打過去時，話筒那頭音調很高的女人聽完我的情況後，語調極為生動地大嘆：「天啊，你為什麼不早一點打電話過來呢～？」

「我四點多就打過電話了，那時的人要我五點再打。」我回答。

「但修理工人只工作到五點，超過時間我現在也無法要他們過去修啊。」

靠杯。

「那我該怎麼辦？」我開始覺得她根本無意要處理我的問題，欲哭無淚地問她。

「沒辦法。你只能等到明天早上再打電話了。」

「可是明天是星期三，你們星期三不是都沒開？」

「……那你就只好等到星期四了。」

我一聽直接就爆氣了。我朝著話筒劈哩啪啦就開始大喊：「你們到底有沒有聽懂我解釋的情況？我家屋頂裂了一條差不多兩公尺的大縫，而且還越變越大；上面的水流個不停，隨時都有可能整個垮下來，妳竟然要我等兩天?!

我告訴妳，妳現在不派人來，我就去找警察，要警察打電話給你們派人來！」

但想不到對方也跟著爆氣：「就算你打電話給警察，我們沒人就是沒人！現在天都已經黑了，屋頂上又全是積雪，工人也不可能在這種時候爬上去修理，你要我們怎麼辦？」

我一聽又沉默了下來。對方的說法有理嗎？

坦白說，有理。

但有理解決不了任何事情，又不是說我被說服了然後屋頂裂縫就會自動密合、水也跟著不漏了。整個晚上我都盯著那條裂縫，看著它如寄生在屋頂上的怪物越長越大。我極度確定：在星期四他們接我電話之前，屋頂絕對會塌！

唯一的問題就只是：塌的範圍有多大？我們就算待在房間，能倖免於難嗎？

最後我們終於決定：救自己！

我們當下就打電話聯絡各自的朋友，不管怎麼說，還是先到別的地方去避難比較好。不久以後，室友和我說：「聯絡到了。先收拾一下行李，我們五分鐘後出發。」五分鐘。

不知道為什麼，我突然想起當年納粹破門而入的時候，也是對那些猶太人說：你們有五分鐘，整理行李。

這五分鐘之內我環顧了房間，現在根本已經不是「我要丟什麼」的狀況，而是「我要留什麼」——我抓了一個旅行用的大背包，收拾著電腦、論文資料，還有簡單的衣服，把它們全都裝進背包中，開始了我人生中第一次的逃難之旅。

就這樣過了一個晚上。隔天早上我回去一看，立刻倒吸了一口氣。

我家竟然透著天光～～

玄關走廊的一半天花板差不多全都消失了。地板上各種狼籍，原本放在正下方用來接水的水桶也全部被砸爛，裡面的水全潑了出來。

天花板傳來一股濃濃的霉味，從天而降的耶穌光照耀著這一切。我站在門邊，活生生感受到一種非常奇特的感覺，時空好像在我家的大門前被整個扭曲：在門外是繁榮的德國、是整個歐洲的中心；但是一走進門裡，卻好像通往七十年前那個被盟軍炸平的絕望國度。這一切竟然顯出一種詭異而落寞的美感。

……美感個屁！

我在玄關前站了好久，之後第一個反應竟然是：關門。

我想那時候我應該真的有點無法接受。我在玄關那裡開開關關了好幾次，但是那該死的好萊塢場景卻一直在那裡，我好像被困在一場怎樣都醒不過來的噩夢裡。

我渾身癱軟地坐在樓梯口，突然這時，住在我家對面的德國人回來了。

「嗨～好久不見啊！」她們一邊上樓梯，一邊對我燦笑了一下。

我不知道自己是怎樣，但其實那時候心裡竟然異常平靜，我微笑地站了起來：「妳們也好啊。對了，可以請妳們幫我個忙嗎？」

「當然！怎麼了？」

「是這樣的，我們家昨天出了一點小狀況，但打電話給租屋公司，可能是我表達的意思不太清楚。他們一直覺得這好像不是什麼太大的問題，死都不願意派人來……」我一邊說，一邊慢慢打開門：「所以，可以請妳們幫我跟租屋公司解釋一下我的情況嗎？」

她們一頭霧水地探頭進去看，接著異口同聲地叫了出來：「我的天啊！」

鄰居接手之後，事情突然間變得順利許多。

我聽著她們氣勢洶洶地講電話，偶而還夾雜著「放屁！」、「閉嘴！」之類的句子，短短三分鐘之後她就把電話遞還給我：「他們馬上來。」

突然間讓我覺得，我在台灣用的那一套溫良恭儉讓的溝通方式在德國應該通通都去吃大便。

玄關半個天花板都塌下來了！

總之我心想一切都結束了。雖然浪費了我寶貴的一到兩天時間，但是根據我們對德國租房政策的良好印象，房東連暖氣壞了、抗躁設施不足這種事都必須減免房租，現在我可是整個屋頂都塌了，房東想當然耳必須要扣除房租的費用。

「接下來，我們就只要拿這筆錢去找個便宜的旅館，然後在那裡待到工人修理完畢……」我心想。

但事情完全出乎我意料之外，租屋公司幾天之後打電話給我，和我說：「很抱歉，我們不能減免。」

雖然這幾天我已經傻眼了太多次，但這一次我還是不禁整個人都愣住了：「……什麼？」

不是說只要無法居住就能抵免房租嗎？不是連暖氣壞掉這種事都可以抵免嗎？這不是德國最引以自豪的租房政策嗎？

後來我才知道，這一切都只是「理論上」。理論上只要判定無法居住，房東就必須賠錢。

但能不能居住，卻是他們來判定的！

租屋公司的派員攤開一張平面圖：「你看，你們家的破洞在走廊上，沒有在廚房也沒有在臥室，並不構成無法居住的條件。」

我馬上揮了揮手：「這太誇張了。現在是一月，外面是零下八度，我家的屋頂上有個一平方公尺的大洞。你竟然告訴我這種狀態能住人?!你知道塌下來的地方霉味有多重嗎？開了暖氣會暖嗎？而且，網路線插座就在破洞正下方，根本沒辦法裝數據機寫論文啊！」

工作人員這時兩手一攤：「那就跟我們無關了。我們只負責評估那裡能不能居住，最後的結論是沒有問題。你寫不出論文，不是我們的問題。」

島嶼天光（大誤！！）。

「殺不死我的，都將使我更堅強」

「你寫不出論文，不是我們的問題」？

那一瞬間我整個無言了。

突然想到我大老遠從台灣跑來這個國家，好不容易花了五年，終於走到論文這個最關鍵的階段。在這總共只有五個月的關鍵時期，很多德國人每天窩在家寫十個小時都很趕了，居然被我遇到屋頂整個塌掉這種可以上爆料公社等級的超扯事件。而我所求的也只不過是拿回我的部分房租，好讓我在一個有暖氣、有網路的地方，安安靜靜把論文寫完。

這是一個很強人所難的要求嗎？這很奢侈嗎？

連中文都無法表達我的無奈和憤怒，更別提用德文了。

工作人員見我久久不語，揮了揮手便結束了整個話題：「你有什麼問題，可以採取法律途徑。」

我都忘記自己是怎麼回到家的了。

德國的冬天四點多就天黑了。在這一月的憂鬱時節，聖誕節和新年的歡樂氣氛都已經消逝無蹤。一直到五月春暖花開、春意降臨的月分到來之前，整個德國就像被冰凍在一個巨大的抑鬱之中：灰暗、泥濘、寒風刺骨的大地。這就是德國的冬天給人的最終意象：沒有熱情，對一切都失去反抗的力量。

家中的整修工人已經開始工作了。天花板上那些要掉不掉的霉爛木板被刨去，現在的洞看起來更大了。陣陣的霉味迎面撲來，連關上房門都擋不注。

我本來想堅持寫一下論文，但突然被一陣巨響嚇到整個人彈起身。打開門後，發現工人不曉得做了什麼，在四處都留下一層厚厚的白灰。

我受不了了！

為了我的論文、為了我的學位，我一定得逃出去！在這種施工的噪音和塵蟎裡，想寫完論文根本是徹底的天方夜譚！

我拿起手機。

「不好意思，又得來煩妳們了。」我揹著裝滿換洗衣服的大背包，和一個同樣是台灣人的學姐說：「修屋頂的工人說一個星期左右就會好。這段期間我都會窩在圖書館寫論文，只有晚上才會來這裡睡。等到房子那裡施工結束後，我就馬上搬回去。」

「三八喔，你要待就待啊。」學姐把客廳的沙發床弄平，在上面鋪好床單和枕頭，一邊說：「之前我們也接待過很多朋友，最多還有在這裡待過一個多月的，所以不用擔心啦～～」

「真是太感謝了，回頭一定請妳們吃好料～～」

「沒問題啦！反倒是你論文寫得怎樣了？」

這句話好像刀子扎在我心裡一樣，學姐見到了，也跟著收起笑容：「這麼嚴重啊？」我點點頭：「老闆說要全部大修。但能不能找到可以用的文獻，我自己也不知道。」

「沒問題的啦！不是三月才要交嗎？」

我低著頭沒有回答。

難堪的沉默漸漸吞噬了整個空間。過了一會兒，才聽見學姐緩緩開口：「我的碩士是在美國拿到的，你知道吧？」

「我知道啊，怎麼了？」

學姐悠悠看著前方，說出：「在交畢業作品的前一個星期，我的搭檔跑走了。」

我抬起眼皮：「什麼？」

「真的。我們一起負責畢業作品，我負責繪圖，我的搭擋母語是英文所以負責文案。但是從開始做畢業作品時她就一直沒消息，直到期限的前一個星期她說『我不幹了、不讀了』，然後就搭飛機回家了。」

「那妳怎麼辦？？」

她聳聳肩：「我當時整個人都炸掉了。問老師的結果是，一個作品不能沒有文案，如果期限到了妳還沒交出來，那就不能畢業。」

「至少可以延期吧?!」

「我那時當然有問啊。」

「老師怎麼說？」

她搖搖頭：「老師說，不行。」

後來那一整個星期是怎麼過的，學姐其實沒有解釋得很清楚，但光是從她的形容聽來，那一整個星期就像一個活生生的地獄。她在繳交文件的前一天深夜終於做完全部的作品，但是所有的影印店都關了。

「我一間間敲門，但是根本就沒有人回應。你知道我最後是怎麼做到的嗎？」

「怎麼做到的？」

她笑了起來：「就在我走投無路的時候，我看到只有一間修鞋店還亮著燈。我走進去請他在作品上打洞、然後縫上皮繩！」

我也笑了：「這樣也能過關喔？」

「欸，我分數還不錯欸，老師說我很有創意。」

「重點是，留學生出門在外，你真的永遠都不知道明天到底會發生什麼事。我們不都是這樣熬過來的嗎？」

我想我懂她的意思。出國其實拚的是一種知識、也是一種無知。你要剛好擁有留學的遠大抱負及理想，但是又要無知到不知道眼前有什麼恐怖的難關要過。我開始回想過往的種種。

如果我事前知道，在德國申請延簽竟然要排隊十一個小時，而且還必須面臨簽證人員把你當難民或詐欺犯的各種表情及問話。

如果我事前知道，德文檢定聽說讀寫四大部分、每部分二十題，而你只要錯超過三題整場考試就 over，六千塊報名費也跟著報銷，但你就是必須撐到考過為止。

如果我事前知道，申請德國大學是永無止盡的大地遊戲。你必須去每間學校的每個歷史研究所了解他們的分數規定還有申請條件，然後把申請文件遞出去，接著就是各種拒絕信。

如果我事前知道，進了德國大學的台灣留學生，竟然有高達四成無法畢業……

我還會那麼堅持來德國念書嗎？

我們不就是這樣兵來將擋嗎？

「你還有三個月，這段時間很夠了。」學姐站起身，準備去睡覺前拍了拍我的肩膀：“Was mich nicht umbringt, macht mich stärker.”

「那些殺不死我的，都將使我更堅強。」只留我一個人在客廳裡，細細咀嚼德國哲學家尼采的這句話。

屋頂是修好了，但更混帳的事發生了

咿～～呀～～

每天通勤四個小時的日子就這樣過了一個星期，終於到了預計完工的時候了。下午三點左右，我緩緩打開家裡的門。

一股濃烈的灰塵氣息立刻迎面撲來。整個家裡好像剛剛打了一場麵粉仗，地面、桌椅、床鋪、櫥櫃、書，所有東西看起來都像鋪上一層糖粉一樣。天花板的洞雖然已經補起來，但是還沒有上油漆、呈現一種花花綠綠的霉斑顏色。

我把鋪在椅子上的報紙拿開，一個人坐在寂寥的家裡想等下該怎麼收拾這一整片狼籍，突然聽見工人開門的聲音。

身高至少一百九的兩位工人一邊用俄文交談，看到我之後才轉成德文：「噢，原來你已經回來了。」

我點點頭：「對啊，來看看修理得怎麼樣。」

工人開心地回應：「情況非常好啊！你看，天花板的洞口已經補起來，地板積水印上的水漬也全部清乾淨了。之後只要再把油漆漆上，看起來就跟新家一樣了。」

我環顧了一下，看起來至少真的是修得還不錯，經過一個星期的風波總算可以告一段落。我那無限被延後的論文進度也總算可以趕上了。

我把先前收起來的數據機重新接上，通電之後，聽著數據機傳出熟悉的咿呀咿呀的聲音。按照我的想像，接著數據機上面的燈接著就會亮起，然後連上Wifi……

為什麼連不上？

我真的是絕望地喊叫了起來：不要再出更多問題給我了啊啊啊啊啊啊啊！

為什麼網路突然間就不通了?!瞬間我超想仰天長嘯，天啊我正在寫論文啊～

沒有屋頂和沒有網路，我寧願選擇沒有屋頂好嗎！

我清楚記得在屋頂塌下來以前我就把數據機拔掉，而且放在安全的地方才撤離的。為什麼現在重新接上插頭後就不能用了？

就在我快要躁鬱症爆炸的時候，聽到工人已經收好東西，和我說：「已經都弄好了，那我們就先走了喔～～～」

「你們誰都不准走！」

我差點爆衝，趕快跑出去問這兩個人你們到底在這個星期幹了些什麼？

他們兩人是俄國人，剛開始完全聽不懂我在說什麼，我嘗試跟他們解釋：我的數據機原本好好的，但在你們修理的一個星期後，網路就都連不上了。

但是對方只是一再重複：他們只負責修理牆壁和屋頂，網路壞掉的事情他們也處理不了。

事情就這樣僵持了不曉得多久。在某一瞬間，我突然感受到一股深深的無力感。的確，就算現在證明是他們做的又怎麼樣呢？網路就會因此修好嗎？我的問題就可以順利解決嗎？

我要怎麼期待兩個連德文都說不好的俄國人，來解決我的網路問題呢？

在了解一切爭論還有大吼大叫都是徒勞無功之後，我終於讓他們離開。並想著要如何解決我的問題：

一間房子網路不通有兩種可能：網路線路老舊，和數據機壞掉。

因為是在他們修理完之後網路才出現問題，我初步就先排除了數據機壞掉的可能性。接著做出了當時我能做出最正確的選擇——打電話給房東，告知他們新造成的問題。

聽起來好像很簡單吧？就打個電話給房東，請他解決房子的網路問題之類的。

但就跟德國所有事情一樣，你想得很簡單的事情絕不簡單。首先我遇上的第一個問題，就是聯絡租屋公司。

原來我的房東不只是一個人，而是一個半官方的大型租屋公司。這種規模的租屋公司當然不會直接跟你接洽，而是每一個地區都由一個專人負責。但某次和我的負責人聊天時，他才終於透露在他的區域裡，竟然總共要負責差不多七十五間房子，這七十五間房子只要一有問題，就全部都會去找他。

問題來了，當我們有問題時，能聯絡到他的時間是什麼時候呢？

答案是每週一、二、五的早上九點到九點半。

就這樣！七十五間房子、一週竟然只有大概一個半小時的時間能聯絡到對方。重點是在二十一世紀的今天，負責人竟然還可以沒有電子郵件。

你當然可以選擇用傳真，但是在我印象中，住在這裡的這幾年傳真機好像都是壞的。就算偶而傳得過去，你也要非~常有耐心等待。我在這裡說的等待，大概是半年以上的時間。

打電話呢？

這當然也是一個不錯的主意，但尷尬的點是只要早上九點一到，你能夠打通他們的電話簡直是神蹟。在事情很多的冬天，我曾經看過一次負責人的工作場景，然後立刻就被那如雪崩般湧進的電話嚇到不行。

所以，唯一的方法似乎只有直接在早上九點的時候去排隊了。

我排了好幾天才終於跟負責人說到話。他說他知道了，會聯絡合作的線路公司，請他們派人過來我房子看一看。

一個月以後……

當肥大的網路工人總算氣喘吁吁地爬到我家門口，我高興到差點跪迎他的蒞臨。雖然他看起來就有點不太可靠的樣子，但我相信這一定是因為我以貌取人的關係。我相信他一定能夠很順利解決我的問題，然後我就可以不用再去咖啡廳、圖書館、計算機中心過著居無定所的生活，在家寫我的論文……

抱著這樣的期待，我在沒有網路、基本上只能說是台打字機的電腦前等了又等，經過半個小時之後我問他：「請問一切都好嗎？」

他一臉愁雲慘霧，轉頭和我說：「你知道你們的線路板在哪裡嗎？」

都半個小時過去了，你竟然還沒找到線路板在哪裡嗎？

不過瞬間我就回復了理智，這時得罪他是沒有任何好處的，畢竟他現在可是我唯一的希望了。

「我想……應該在地下室吧？」我回答。

他沉思了一下，接著點點頭說：「嗯，我想也是。」（我想也是？）

接著我們又在地下室摸索了大半天，好不容易敲開重重關卡，移開各種桌子椅子、斷掉的扶手椅，還有各種不明物體之後終於找到線路板。他大嘆一口氣：「哎呀，這樣不行啊。」

「什麼東西不行？」

「沒有房東的允許，我不能打開線路板。」

說完，他就蹲下身開始收東西，一副準備要離開的樣子。

我大驚：「什麼？不行，你不能就這樣走了，今天就必須弄完！」

誰知道今天你一走，下次來搞不好又是一個月後了！

他回答得更加理直氣壯。我到現在還是不懂，為什麼德國人可以這麼理直氣壯地說一些超扯的理由：「可是沒有房東的允許，我就是不能打開線路板的蓋子，這是規定。」

一聽到「規定」兩個字我就知道完了。連德國人自己都承認，德國一直有非常嚴重的官僚主義問題。在二次大戰時，有個不是很好笑的笑話是這樣說的：如果你在戰場上，看到一具緊緊抱著交戰守則的屍體，那麼不要懷疑，這一定就是個德國士兵。

但是我當下完全笑不出來。雖然可能也意料得到事情不會像我想的那麼順利，但是最後竟然卡在「沒有允許就不能打開線路板」這種愚蠢的鳥理由上，實在是讓人無法接受。因為按照德國人的辦事效率，等到打開線路板之後一定又會因為什麼原因再拖延一次，等到他們全部修好之後，我都差不多該交論文了。

不，搞不好連交完之後都還沒修好……

這件事讓我整個頭皮都發麻了起來：「不，今天一定要修好！」

在兩方僵持不下之際，他嘆了一口氣，總算向我提供了一個新的建議：「那不然這樣，我給你我自己的工作室號碼，只要你一問過房東之後我可以立刻趕過來，就不用經過租屋公司了。你覺得如何？」

既然他都已經說到這個分上了，我想了又想，最後只好點頭同意。

接著一個星期，我又是在雪崩般的租屋公司負責人那邊各種衝鋒陷陣，終於成功聯絡上對方，對著他開始解釋我的情況。

「如此如此這般這般……所以工人可以打開線路板嗎？」

負責人點點頭：「當然可以啊，不然他來到底要幹嘛？」

你也知道嘛。

接著就是打電話給工人，電話那頭傳來愉快的聲音說：「好的，等我這邊事情處理完之後就馬上到你那邊去！」

施工中的屋頂（他們宣稱這樣的狀態能住人）。

大家坐穩了，這才是真實的德國啊啊～～

兩個星期後……

修網路線的工人終於打開了線路板，只見他在那裡東瞧瞧西看看後，總算開始動工了。

這次看起來倒是真的有個樣子。他先是用一支電鑽把我牆壁鑽出了一個洞，放進一條線。接著又跑到地下室拉拉扯扯，就這樣跑上跑下了半個下午後好不容易把線全部接上。

「好了，全部都弄好了！」工人拍了拍手上的灰塵和我說。

正當我還沒拍手叫好的時候，他又突然轉頭對我說：「對了，其實上次我檢查時，就覺得線路沒有壞掉，所以你的問題應該是數據機的問題喔。」

我聽完之後大吃一驚，趕快打開手機一看，果然一點訊號也沒有。

「那你之前為什麼不說？？」

「你們房屋公司打電話來叫我換線，所以我就來換線啊～～總之就是這樣啦，我走囉！」

接著他拎著他的那一箱工具箱離開了我家，只留下一個非常、非常想殺人的我。

「那個工人這麼做，其實也很合理。」在大學的學生餐廳裡，朋友一邊聽我說，一邊向我分析：「幫你解決問題只是次要目的，每個人最終還是要為了生活。如果他和你說線路沒問題，他就等於是白跑一趟了。所以他寧願隱瞞這件事情，也要把線全部換掉之後才對你說。」

「我是不在乎他想要賺錢，但是在我寫論文的期間花了那麼多心力跟時間，實在是……」

在等數據機來的時間裡，我死死盯著日曆上繳交論文的死線。時間真的不能再這樣子拖下去，別人寫論文是寫到除了論文以外，什麼東西都很有趣；而我的情況卻是我願意用一切來交換，就只為了能夠安安靜靜坐在桌前寫一下論文。

看著日子越來越近，我每天拿起那個旅行用的大背包，裝進我的筆電、充電線、筆記本、各種必要的論文資料、午晚餐，最後還有幾本磚頭書。揹上那幾乎有六、七公斤的背包前往圖書館。一推開門，立刻感受到臉上鵝毛般的雪花紛紛落下。我經過家裡附近的難民營，發現我很諷刺地竟然可以完全融入他們，沒有一點違和。

這種逐 Wi-fi 而居的生活過久了，很奇怪的是我竟然開始感受到一股寧靜。

在不用打工的日子裡，我每天早上八點起床，慢慢為自己做一頓豐盛的早餐；接著在早上九點準備好我的午餐和當天要用的書和論文資料，踏在雪地上前往圖書館。我會在早上九點半準時抵達，接著在一個風景非常好的座位前坐下。

下午四點左右，我會提著背包到廁所換裝，然後花一個小時左右的時間沿著易北河的河堤慢跑。

在冰天雪地的寒冷冬天裡，沒有多少人。幾隻鴨子零星散布在湖畔周圍，感覺自己好像漸漸在一片雪白中間被淹沒。

天黑之後我就開始吃晚餐，接著繼續讀書。這種狀態會持續到晚上八點左右，等到晚上八點時，我就會開始在網路上下載一些可以離線閱讀的小說，然後九點準時離開圖書館。

在離開圖書館之後，我突然有種無事一身輕的感覺。因為不管你有什麼資料還沒找到、有什麼文章還沒完成，在沒有網路沒有資料的情況下你反正什麼也做不了了。

你今天已經盡了最大的努力，晚上九點短暫的自由時光就是你的補償。

在那段時光中我竟然感受到了前所未見的寧靜。因為不會再躺在床上看影片，所以脖子酸痛和偏頭痛的問題同時減緩，甚至連失眠的問題都消失了！

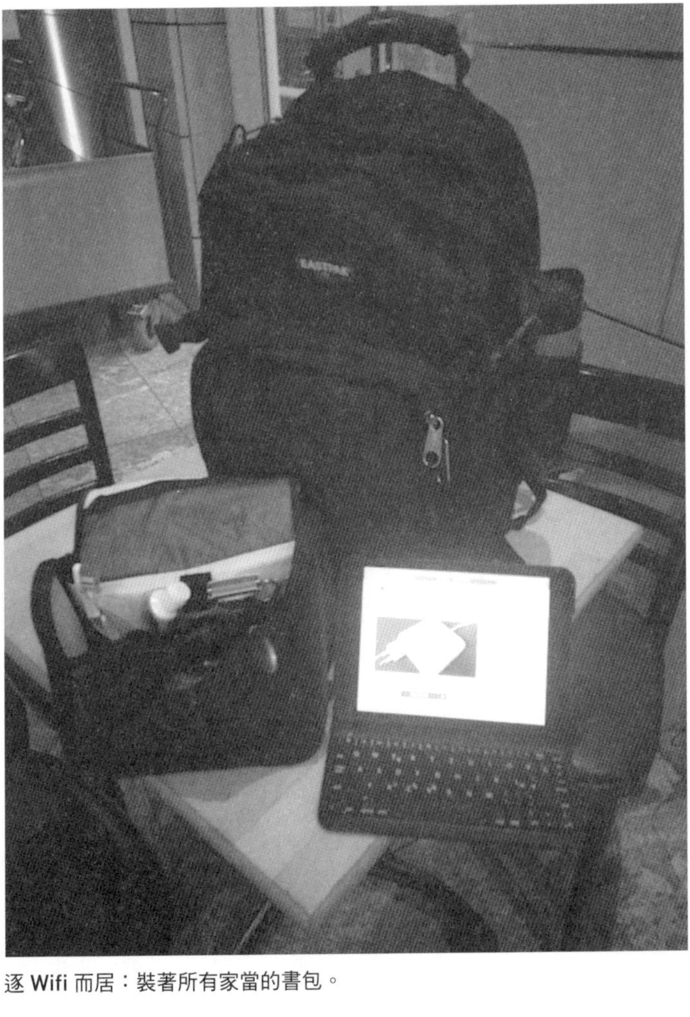

逐 Wifi 而居：裝著所有家當的書包。

有一天晚上回家，我重新看了看自己的家。

我真的，很需要這一切嗎？

可以防雨但是很沉重的皮衣，很好看但是裝不了多少東西的真皮背包，在先前那個只有五分鐘的時間裡，卻被我毫不猶豫地扔在家裡，同時選擇的是更輕便的衝鋒衣，還有容量大又堅固的尼龍背包。

我終於發現在緊急關頭，人要的東西真的是不可思議地少……

整件事情結束以後，賠償的事情也總算告一段落了。就在繳交論文前，我終於收到租屋公司的來信：「為了賠償你的損失，我們認為十七歐元是合理的價格。這筆數字將在下個月的房租中扣除。」

我拿給朋友們看，他們一致認為，這種數字已經不是少不少的問題了，根本到了某種侮辱人的境界。

我嘆了一口氣：「算了……」

我再也……沒有力氣去爭了。

因禍得福

二〇一六年六月十四日。

春暖花開的時節，下午四點的時候我敲了敲系辦的門。

走進去之後，看見系上的助教正坐在桌子後面，指了指放在桌上的A4信封。

「你確認一下名字，看對不對。」

我打開來看了看，點了點頭。

「恭喜。」她說。

「謝謝。」我回。

就這樣，沒有畢業典禮沒有撥穗，什麼都沒有。但走出來之後，我看著自己的畢業證書，心裡簡直雀躍得就像快要飛起來似地。

我～終～於～畢～業～啦！

我一邊在校園裡信步閒遊，一邊回想著這簡直像地獄般的一年。現在真的都結束了。

其中有很多片段我如今回顧起來，仍然會陷於當時那種情緒極度緊繃、感覺好像隨時要癲癇的狀態。但是這段時期對我來說，仍然有著不可磨滅的重要意義。

我閉上眼睛，開始回想起那一天——

我在最低潮的時候，在圖書館網頁裡胡亂搜尋著書單，突然間看到一個從來未見的館藏地。

德國的大學沒有校園，所以很多建築都散落在城市的各地。我點進寫著地址的超連結，心裡想著：這是什麼地方……？

從書名看來，這好像不會是我很需要的書。但是因為那時我已經在學校裡，所以還是決定下午散步的時候過去一趟。

終於，我到了這間神秘的圖書館。

下午的陽光斜斜灑落在古老的紅磚房上。我查了一下館藏資料後，立刻明白自己發現了大寶藏！

第一次世界大戰時的手寫信件、日記、黑死病時期的自傳複印版、回憶錄、訪談資料……

我現在才發現，在離漢堡大學這麼遠的角落，竟然有一整棟一手史料檔案館！其中很多手抄本沒有出版，當然更不會有中譯本。

從此以後我三不五時就跑來這裡。黑死病、英法百年戰爭、世界大戰……歷史在我眼前整個「活」了起來。從那時候開始，我就下定了一個決心。

總圖書館雖然開到半夜十二點，但是在晚上九點之後，我就會一個人待在不用排隊的掃描機前，一頁一頁地開始掃描。等到半年過去，我的隨身硬碟裡，已經累積了將近兩百多本書裡面的時代從西元前的希臘民主，一直到二十世紀末。我一邊掃描一邊心想著，如果可以，我想回去以後重建「第一視角的世界歷史」，讓所有人都看見。

等到回去的最後一天早上，我

交了論文以後，春天終於來到了漢堡。

終於把最後一本《柏林圍牆倒塌之夜編年紀事》給掃描完畢。

「這樣就行了。」我微笑心想。

踏上飛機回國的那一瞬間，我看見暖春的陽光穿透層層烏雲，終於灑在平坦的北德大地上。

後記

你的德國不是你的德國

天啊，我終於把這本書生出來了！

自從和別人講過我的德國經歷後，他們都再三敦促我：「趕快把你的德國生活寫出來～～！」

當然剛開始我很排斥，都會和他們說：「拜託現在寫德國的專業作者那麼多，哪輪得到我寫啊？」

「對啊，但是他們寫的都是德國的好話，」朋友說：「沒人寫過遇到二戰未爆彈還有屋頂塌下來的經驗啊！」

這倒是讓我真的注意到，許多人對德國的印象基本上就是不可思議地好。

德國什麼都好，生活好、教育政策好、育兒補貼好（好啦，這是真的很好），坊間出版的全都是類似「德國媽媽這樣教」的書。有時看完一些網路上的文章，甚至會讓我得到這樣的結論——

奇怪，我有去過這個國家嗎？

當然有的時候面對與現實差異實在太大的文章，一開始我也會試著闢謠：真正的德國才不是這個樣子咧！

但是類似歌功頌德的文章還是層出不窮。我一直很納悶為什麼，過了許久之後，我才發現其中隱含著一個非常重要的道理：某些時候，人們會相信其他的國家很美好，其實並不是因為他們獲得了全面的資訊後，才下一個理智的判斷；某些時候人們相信一件事，只是因為他們想要相信。

這些人稱讚德國，有時只是因為他們需要一個理想國。

不諱言，在台灣生活的確有很多壓力巨大的地方。也因為這個原因，很多人開始把各種美好的想像投射在一個遠方的國度上，讓自己從種種令人崩潰的困境中暫時解脫——這世界上的確存在一個地方，可以把我們現在的所有困境全部解決。在那裡，獅子不怒吼，烏鴉不悲鳴，河中悠游無數鯉魚……

……但我就是想打破這種幻想啦！

這是一本我在德國的親身經歷。也許它不代表所有德國留學生的經歷（事實上，很多留學生都表示我的經歷實在太扯），但它的確體現德國的另一個面向。希望大家在閱讀這本書以後，可以發現書中不斷想傳遞的一個小小善意：我們身處的國度有很多地方值得改進，但也有許多地方值得感謝。

如果現在有人問我：德國是不是比台灣好？我會和他說，德國不是天堂也不是地獄，只是另一個國家而已。她有超越台灣的地方，但也有台灣沒有的困境。然而我確信的一件事情是：這世界上不存在所謂的理想國。沒有一個地方是到了那裡，就能解決你所有問題。

你想要理想國，就只能靠自己去慢慢建立。

神奇海獅

二〇一八年十月三日

聯經文庫
我是留德華：海獅的德國奇幻旅程

2018年12月初版　　定價：新臺幣350元

著者	神奇海獅李博研
叢書主編	林芳瑜
攝影	李博研
特約編輯	倪汝枋
內文排版	王麗鈴
封面繪圖	Perci Chen
封面設計	兒日
編輯主任	陳逸華

出版者	聯經出版事業股份有限公司
地址	新北市汐止區大同路一段369號1樓
編輯部地址	新北市汐止區大同路一段369號1樓
叢書主編電話	(02)86925588轉5318
台北聯經書房	台北市新生南路三段94號
電話	(02)23620308
台中分公司	台中市北區崇德路一段198號
暨門市電話	(04)22312023
台中電子信箱	linking2@ms42.hinet.net
郵政劃撥帳戶	第0100559-3號
郵撥電話	(02)23620308
印刷者	文聯彩色製版印刷有限公司
總經銷	聯合發行股份有限公司
發行所	新北市新店區寶橋路235巷6弄6號2樓
電話	(02)29178022

總編輯	胡金倫
總經理	陳芝宇
社長	羅國俊
發行人	林載爵

行政院新聞局出版事業登記證局版臺業字第0130號

本書如有缺頁，破損，倒裝請寄回台北聯經書房更換。　ISBN 978-957-08-5238-7 (平裝)
聯經網址：www.linkingbooks.com.tw
電子信箱：linking@udngroup.com

國家圖書館出版品預行編目資料

我是留德華：海獅的德國奇幻旅程/神奇海獅李博研著．
初版．新北市．聯經．2018年12月（民107年）．272面．
14.8×21公分（聯經文庫）

ISBN 978-957-08-5238-7（平裝）

857.7　　107021211